老殘遊記

The Travels of Lao Can

劉鶚——著　曾珮琦——編註

導讀

《老殘遊記》——影響甚廣的晚清小說

曾珮琦

相信《老殘遊記》這部小說，很多人都不會感到陌生，尤其是〈明湖居聽書〉一段，裡面描寫的王小玉聽書更是傳神。在我就讀高中時，大約是西元一九九七至一九九九年間，直至現在，高中課本都有收錄這篇文章。令我印象最深刻的是：「王小玉便啓朱脣，發皓齒，唱了幾句書兒。聲音初不甚大，只覺入耳有說不出來的妙境。五臟六腑裡，像熨斗熨過，無一處不伏貼。三萬六千個毛孔，像吃了人參菓，無一個毛孔不暢快。」——〈第二回〉這段文字描寫王小玉唱功了得，不直接說她唱得如何，因為聲音本來就是抽象的，很難用具體的文字來準確的表達，加上每個人的感受又略有不同，作者透過誇飾的手法來形容王小玉說書，令聽眾全身上下從裡到外無一處不舒暢。由此可見作者的敘事功力十分了得，讀這本《老殘遊記》更令人有種想要知道後續發展的慾望，不知不覺就一回接一回，一章接一章的讀了下去，直至結尾，又覺得篇幅太過短小，總希望作者能多寫一些。這就不難了解為何在不受關注的晚清小說中，《老殘遊記》能影響深遠，並且被翻譯為多國語言，諸如：英文、日文、俄文等，在國際間也深受社會大眾稱讚，可見《老殘遊記》是一本膾炙人口的小說，即使到了今天，也不可忽略《老殘遊記》的價值，是一本不可不讀的小說。

寫實小說：反映社會現實、揭露時弊

本書名為《老殘遊記》，實則是藉由遊記之名反映當時的社會現實，特別是揭露酷吏對於老百姓的荼毒。酷吏又分為貪官與清官兩種，貪官就是收受賄賂，想盡辦法斂財的官員；清官不收賄賂，這種官員自以為清廉就能為所欲為，審判案件不求查明真相，為了破案不惜屈打成招。作者認為清官對於老百姓的荼毒遠甚於貪官，貪官對百姓的迫害人人皆知，然而清官對於百姓的迫害卻很少人提到，所以作者特別對這種官員加以著墨。書中提到的曹州知府玉賢、剛弼皆是這類清官，剛弼在審賈家十三口離奇中毒命案時，就因賈家人告發，說此命案是賈家的媳婦賈魏氏與人通姦，用毒藥謀害一家十三口性命，加上賈魏氏的娘家拿錢託人到官府行賄，剛弼因此認定賈家命案定是賈魏氏所為，仗著自己不收賄賂，便向賈魏氏和她的父親施以酷刑，賈魏氏不忍父

左圖為1941年日文版《老殘遊記》；右圖為1952年英文版的《老殘遊記》。

親受此酷刑，所以才屈打成招。〈第十六回〉除了描寫酷吏迫害百姓的殘忍作風之外，對於治理黃河、宋明儒者的批評以及庚子拳亂、八國聯軍對於中國的侵略等描寫都是非常精采，可見作者是藉由這些事情來表達自己的思想與抒發胸襟懷抱。

◆劉鶚像。

作者劉鶚生平介紹

劉鶚，字鐵雲，生於西元一八五七年，卒於西元一九〇九年，筆名洪都百鍊生，清朝末年丹徒縣人。他對八股文深惡痛絕，無意參加科舉獲得功名。在西元一九〇〇年庚子事變時，他向聯軍購買倉粟，以平價販售給百姓，以解北京飢荒之危。西元一九〇八年，因他私自販售倉粟罪被清廷逮捕，後流放至新疆，病死於迪化。享年五十三歲。

作者劉鶚經歷了光緒二十六年庚子義和團事變（西元一九〇〇年），八國聯軍攻入北京等事件，使得他覺得應該透過小說的寫作喚醒中國人，讓大家知道現在面臨的困局。在〈第一回〉作者自評中提到：「舉世皆病，又舉世皆睡。眞正無下手處，搖串鈴先醒其睡。」「串鈴」在《老殘遊記》中具有「喚醒」的意義，在本書中可分為三個層次來作解析：第一，「串鈴」是書中主人翁老殘（補殘）搖鈴行醫的謀生工具。第二，老殘就是扮演著「喚醒」的角色，作者欲藉老殘喚醒當時中國人的危機意識。老殘透過遊歷行醫揭露酷吏殘害百姓的罪行，喚醒百姓認清像是玉賢這種打著清官的名號，實際上卻荼毒老百姓官吏的嘴臉。第三，藉由《老殘遊記》這本書喚醒中國同胞，國家正面臨著被外國強敵侵略的威脅，要大家正視問題癥結所在，並且予以解決，才能挽救國家危機。因此，我們可以說在《老殘遊記》中，「串鈴」象徵著「喚醒」，它不僅喚醒老百姓看清酷吏的嘴臉，更要喚醒沉睡中的中國人，看清自己國家正在面臨的問題與危機。

現在再來談談，作者劉鶚筆下老殘這個角色的性格，他是在封建的官僚體制中的一股清流，人人都想要作官，不惜花錢捐個官位，而

老殘卻對官位權利不屑一顧。張宮保一直力邀他出任自己的幕僚，並且對他極為禮遇，老殘卻一直堅持不肯出仕，不肯同流合汙。不僅如此，文案委員申東造送了一件白狐裘給老殘，硬是被他退還給申東造。退還的理由是：他是個在大街上搖串鈴行醫的江湖郎中，穿件白狐裘太過貴重，不符合他市井小民的身份。由此可見，老殘並非是個愛慕虛榮、貪圖富貴的人，不符合他身分的東西，他是不會接受的，和那些當官的老爺們，喜歡搞些排場的做派是截然不同。老殘所扮演的就是在封建迂腐的官僚體系中的一股清流，他雖然與官員打交道卻不屑同流合汙，如屈原所說：「舉世皆濁我獨清，眾人皆醉我獨醒。」（《楚辭．漁父》）。

作者藉由老殘這個角色表達其思想，以及他的處世態度，書中關於治病救人、治理黃河都很有自己獨到的見解，歸因於作者劉鶚精通數學、醫學、水利，他曾行醫經商，修築鐵路，並辦治黃河有功，他更在書中表現出憂國憂民、為百姓發聲的態度。

《老殘遊記》的編制與版本介紹

本書是劉鶚晚年所寫，在西元一九〇六年完稿。起初在商務印書館刊行的《繡像小說》半月刊中連載到第十回因故中止；後又在《天津日日新聞》以專欄形式刊登，在原有的十回又續寫了十回，這就是《老殘遊記》初編二十回的由來。光緒三十一年時，又在《天津日日新聞》發表了《老殘遊記》二編共九回。《老殘遊記》的殘稿是在劉鶚過世二十年後，在他天津的住所發現的，即是《老殘遊記》外編。除此之外，劉鶚也為第一回至第十七回寫了十五則的評點，好讀出版的《老殘遊記》亦將這十五則評點收錄在每一回的後面，為了讓讀者在閱讀時方便參照，遂附上註解，其餘有收錄評點的版本，並未附上註釋，此亦為本版本的特色之一。除了劉鶚的自評之外，筆者也收錄了胡適之先生對《老殘遊記》的評語，這篇文章是收錄於陸衣言先生編校的《老殘遊記》，上海文明書局出版的版本中。陸先生所編校的《老殘遊記》主要是收錄第一回後半，第二回、第三回以及第十二回部分內容，有別於今之所見的《老殘遊記》初編、

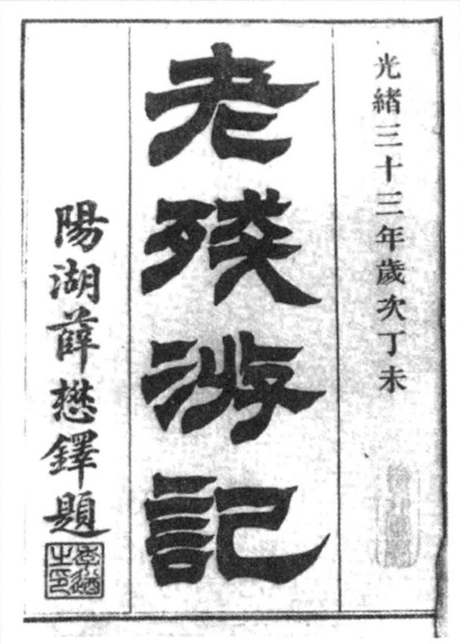

光緒三十三年（1907）上海神州日報館排印本的《老殘遊記》。

二編與外編的內容，因此胡適之先生的評語也僅對於《老殘遊記》第二回、第三回以及第十二回的內容加以點評，雖然如此，對於想要研讀《老殘遊記》的讀者，仍提供了寶貴的參考資料。有關《老殘遊記》的敘事功力與寫作技巧，胡適之先生在其評語中，有極其詳細的論述，筆者在此就不再贅述。

好讀出版的《老殘遊記》，筆者所採用的版本主要有兩個：一是，世一文化出版的《老殘遊記》（台南：世一文化事業股份有限公司，二〇二〇年十一月二版），採用這個版本的理由是，該書是根據《天津日日新聞》刊載的版本為依據，並參校《繡像小說》，輔以其他版本為依據，其所參照的版本為最早，大體上來說是比較貼近《老殘遊記》原貌的，具有參考價值；另一個則是田素蘭校注《老殘遊記》（台北：三民書局，二〇二〇年十月三版一刷），該版本採用胡適之先生作序的《老殘遊記》版本，這個版本最為完善，亦具有參考價值。

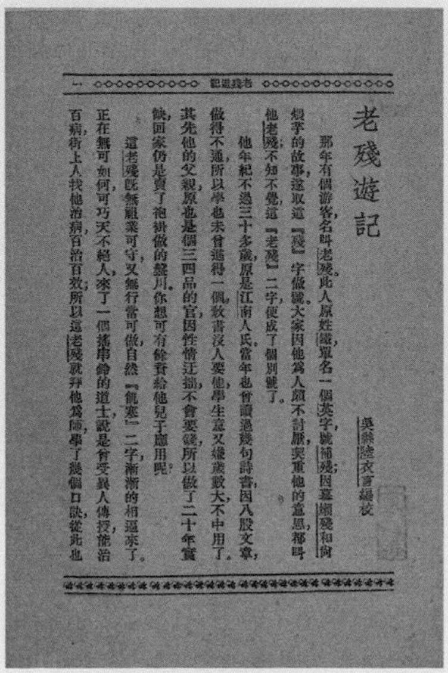

老殘遊記　一

老殘遊記

吳縣陸衣言編校

那年有個游客，名叫老殘。此人原姓鐵，單名一個英字，號補殘；因慕懶殘和尚煨芋的故事，遂取這『殘』字做號。大家因他為人頗不討厭，契重他的意思，都叫他老殘；不知不覺，這『老殘』二字，便成了個別號了。

他年紀不過三十多歲，原是江南人氏。當年也曾讀過幾句詩書，因八股文章做得不通，所以學也未曾進得一個，教書沒人要他，學生意又嫌歲數大，不中用了。其先他的父親，原也是個三四品的官，因性情迂拙，不會要錢，所以做了二十年實缺，回家仍是賣了袍褂做的盤川。你想可有餘資給他兒子應用呢？

這老殘既無祖業可守，又無行當可做，自然『飢寒』二字，漸漸的相逼來了。正在無可如何，可巧天不絕人，來了一個搖串鈴的道士，說是曾受異人傳授，能治百病；街上人找他治病，百治百效；所以這老殘就拜他為師，學了幾個口訣，從此也

1926年出版，陸衣言編校之《老殘遊記》內頁。

由於《老殘遊記》的版本眾多，文字上難免有不統一的情形，筆者在此略作說明：第一，有關人名部份，《老殘遊記》中所提到的張勤果，即張曜。有版本作「莊勤果」、「莊宮保」，皆是指此人，為了統一起見，為免諸君疑惑，內文皆改為「張宮保」，惟作者評點部分，為了保留原貌，故仍保留「莊勤果」、「莊宮保」，特此說明。第二，有關異體字、通同字的問題。各版本多有異體字、通同字或詞，例如「纔」，今通用「才」；「却」，今通用「卻」。「這們」今通用「這麼」。「分付」今通用「吩咐」。由於這些字在書中頻繁出現，除了比較特殊的異體字予以保留外，其餘皆直接改為今通用字。第三，參照善本書版本。第一回前半，第二回全部，第十二回部分是根據陸衣言編校《老殘遊記》（上海：上海文明書局，一九二六年八月出版），保留書中所用的異體字部份。

評語

附胡適之先生的評語

《老殘遊記》最擅長的是描寫的技能；無論寫人寫景，作者都不肯用套語爛調，總想鎔鑄新詞，作實地的描畫。在這一點上，這部書可算是前無古人了。

如寫王小玉唱書的音韻，是很大膽的嘗試。音樂只能聽，不容易用文字寫出，所以不能不用許多具體的物事來作譬喻※1。劉鶚先生在這一段裡，連用七八種不同的譬喻，用新鮮的文字，明瞭的印象，使讀者從這些逼人的印象裡感覺那無形象的音樂的妙處。這一次的嘗試，總算是很有成功的了。

又如寫黃河上打冰的景致，全是白描。這種白描※2工夫，眞不容易學。只有精細的觀察，能供給這種描寫的底子；只有樸素新鮮的活文字，能供給這種描寫的工具。

編者※3附誌

讀者看了適之先生的三段評語，可以知道《老殘遊記》的文學價值了。

註

※1譬喻：利用兩件事物的相似點，用甲來說明乙，通常是以容易瞭解的東西來說明難以了解的事物或道理，以具體說明抽象。

※2白描：不加雕飾，不用典故，使用精簡老練的語言進行描述的文學創作手法。

※3編者：本篇評語收錄於陸衣言編校《老殘遊記》（上海文明書局，民國十五年八月出版）中，編者指的是負責編校本書的陸衣言先生。這個版本只有收錄現今通行本中的第一回部分、第二回、第三回以及第十二回部分。

如何閱讀本書

詳細註釋：
解釋艱難字詞，隨文直書於左側，並於文中以※記號標號，以供對照。

閱讀性高的原典：
將一百回原典分為五大分冊，版面美觀流暢、閱讀性強。

列出各回回目
便於索引翻閱

第一回　木土不制水歷年成患　風能鼓浪到處可危
話說山東登州府※1東門外有一座大山，名叫蓬萊山※2。山上有個閣子，名叫蓬萊閣。◎1這閣造得畫棟飛雲，珠簾捲雨，十分壯麗。西面看城中人戶，煙雨萬家；東面看海上波濤，崢嶸※5千里。所以城中人士往往於下午攜尊挈酒※6，在閣中住宿，準備次日天未明時，看海中出日，習以為常。這且不表。
卻說那年有個遊客，名叫老殘。此人原姓鐵，單名一個英字，號補殘。因慕懶殘和尚煨芋的故事※7，遂取這「殘」字做號。大家因他為人頗不討厭，契重他的意思，都叫他老殘。不知不覺，這「老殘」二字便成了個別號了。他年紀不過三十多歲，原是江南人氏。當年也曾讀過幾句詩書，因八股文章※8做得不通，所以學也未曾進得一個，教書沒人要他，學生意又嫌歲數大，不中用了。其先他的父親原也是個三四品的官，因性情迂拙，不會要
◆蓬萊相傳是仙人之住所，圖為清代袁耀所繪的蓬萊仙境圖。
※1登州府：爲明、清時期的府。治所在蓬萊縣（今山東省煙臺市蓬萊區）。
※2蓬萊山：相傳渤海中仙人居住的山。
※3白樂天：即白居易。（西元七七二年至八四六年）字樂天，號香山居士，唐下邽人（今陝西渭南縣附近），生於唐代宗大曆七年，卒於武宗會昌六年。文章精闢深切，特別擅長寫詩，作品平易近人，老婦人都能讀得懂，是新樂府運動的倡導者。
※4我是玉皇香案吏，謫居猶得住蓬萊：出自唐代元稹的詩作〈以州宅誇於樂天〉。這兩句詩意思是說：我本是玉皇大帝身邊隨侍的官員，被貶謫下凡後還能住在蓬萊這座仙島上。元稹（西元七七九年至八三一年），字微之，唐河南（今河南省洛陽縣）人。穆宗時拜相。他的詩平易近人，與白居易齊名，世稱元白。著有《元氏長慶集》。
※5崢嶸：山勢高峻突出的樣子。
※6攜尊挈酒：拿著酒杯和酒。尊，酒器。挈讀作「妾」，提、舉之意。
※7懶殘和尚煨芋的故事：有一個法號爲懶殘的和尚，經常撿別人吃剩的食物。一個叫李泌的人，有一晚正巧遇見懶殘和尚用牛糞生火煨芋頭吃，懶殘和尚看見李泌就拿剩下的半個給他吃，並預言說：要他謹言慎行，可做十年的宰相。之後果然應驗，李泌做了唐德宗的宰相。事見《續高僧傳》。
※8八股文章：古代科舉考試所用的文體。
◎1：白樂天※3云：「我是玉皇香案吏，謫居猶得住蓬萊。」※4此書由蓬萊閣起，可知本是仙吏謫落人間。（劉鶚評）
20
21

名家評點：
選收不同名家之評點，隨文橫書於頁面的下方欄位，並於文中以◎記號標號，以供對照。

彩圖：
古籍版畫、名人墨寶、相關照片等精緻彩圖，使讀者融入小說情境。

圖說：
說明性和評點性的圖說，提供讓讀者理解。

老殘遊記

目錄

黃河結冰

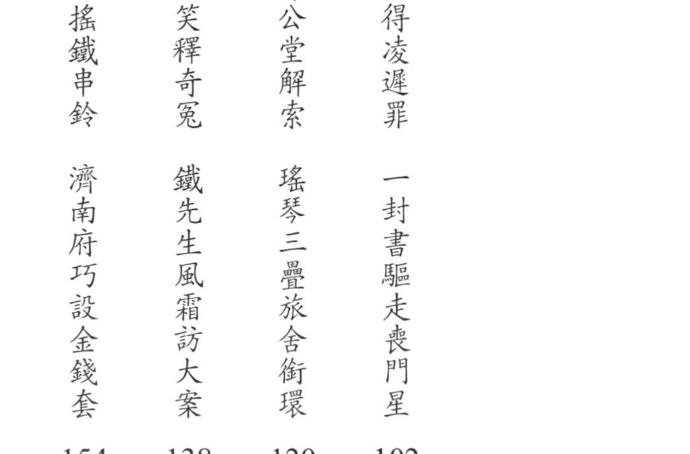

第十一回　疫鼠傳殃成害馬※1　瘌犬流災化毒龍※2

卻說申子平正與黃龍子辯論，忽聽背後有人喊道：「申先生，你錯了。」回頭看時，卻原來正是璵姑，業已換了裝束。僅穿一件花布小襖，小腳褲子，露出那六寸金蓮，著一雙靈芝頭扱鞋※3，愈顯得聰明俊俏。那一雙眼珠兒，黑白分明，都像透水似的。

申子平連忙起立，說：「璵姑還沒有睡嗎？」璵姑道：「本待要睡，聽你們二位談得高興，故再來聽二位辯論，

申子平、黃龍子、璵姑三人對談。（圖片來源：民國石印本《老殘遊記》，陸子常繪）

好長點學問。」子平道：「不才那敢辯論！只是性質愚魯，一時不能澈悟，所以有勞黃龍子先生指教。方才姑娘說我錯了，請指教一二。」

璵姑道：「先生不是不明白，是沒有多想一想。大凡人都是聽人家怎樣說，便怎樣信，不能達出自己的聰明。你方才說月球半個明的，終久是明的。試思月球在天，是動的呢？是不動的呢？月球繞地是人人都曉得的。既知道他繞地，則不能不動，即不能不轉，是很明顯的道理了。月球既轉，何以對著太陽的一面永遠明呢？可見月球全身都是一樣的質地，無論轉到那一面，凡對太陽的總是明的了。由此可知，無論其為明為暗，其於月球本體，毫無增減，亦無生滅。其理本來易明，都被宋以後的三教子孫挾了一肚子欺人自欺的心去做經注，把那三教聖人的精義都注歪

註

※1疫鼠傳殃成害馬：以十二種動物，分配十二支，即子鼠、丑牛、寅虎、卯兔、辰龍、巳蛇、午馬、未羊、申猴、酉雞、戌犬、亥豬。書中所說的「北拳之亂，起於戊子，成於甲午」正好對應的是子鼠與午馬，所以這句話是用來指稱北拳之亂。

※2瘈犬流災化毒龍：書中所說的「南革之亂，起於戊戌，成於甲辰」，正好對應的是戌犬與辰龍，所以這句話是用來指南革之亂。瘈，讀作「赤」。《教育部異體字字典》：「痴病、癲病」。田素蘭先生在瘈犬下注解爲瘋狗。

※3扱鞋：拖鞋。扱，讀作「溪」。

了。所以天降奇災，北拳南革，要將歷代聖賢一筆抹煞，此也是自然之理，不足為奇的事。不生不死，不死不生※4；即生即死，即死即生※5，那裡會錯過一絲毫呢？」

申子平道：「方才月球即明即暗的道理，我方有二分明白，今又被姑娘如此一說，又把我送到『醬糊缸』裡去了。我現在也不想明白這個道理了，請二位將那五年之後風潮漸起，十年之後就大不同的情形，開示一二。」

清代的一張三教圖，孔子將懷中的佛陀傳給老子。

黃龍子道：「三元甲子※6之說，閣下是曉得的。同治三年甲子，是上元甲子第一年，閣下想必也是曉得的？」子平答應一聲道：「是。」黃龍子又道：「此一個甲子與以前三個甲子不同，此名為『轉關甲子』。此甲子，六十年中要將以前的事全行改變。同治十三年，甲戌，為第一變；光緒十年，甲申，為第二變；甲午，為第三變；甲辰，為第四變；甲寅，為第五變：五變之後，諸事俱定。若是咸豐甲寅生人的人，活到八十歲，這六甲變態都是親身閱歷，倒也是個極有意味的事。」

子平道：「前三甲的變動，不才大概也都見過了。大約甲戌穆宗毅皇帝上升※7，大局為之一變；甲申為法蘭西福建之役、安南之役，大局又為之一變；甲午※8為日本侵我東三省，俄、德出為調停，借收漁翁之利，大局又為之一變，此都已知道了。請問後三甲的變動如何？」

註

※4不死不生：超脱生死的境界。

※5即生即死，即死即生：佛教經典《雜阿含經》中說：「生即死，死即生」。佛教認爲一切現象都是刹那生滅的，處在不斷變化的狀態之中。所以一切的存在物必然會走向毀滅，也就是死亡。佛教是有輪迴觀念，所謂輪迴即是「指一切尚未證得解脱的眾生，由於業力的關係，永遠在六道内轉化不休。」當有情眾生死亡之後，就會根據業力往生至六道，如此輪轉不休。從這個角度來説，「死即是生」。

※6三元甲子：古代以干支紀日或紀年。甲爲十干之首，子爲十二支之首，干支次第相配，可配成甲子、乙丑、丙寅……癸亥共六十種，統稱爲「甲子」。亦作爲一週紀的名稱，如用以紀年，則一週紀六十年稱爲「一甲子」。其中第一個六十年稱爲上元甲子，第二個六十年則稱爲中元甲子，第三個六十年稱爲下元甲子，統稱爲三元甲子。

※7穆宗毅皇帝上升：穆宗毅皇帝，清朝穆宗的年號（西元一八六二至一八七四年）。名載淳，爲咸豐帝長子。上升，升天、死亡。

※8甲午：此處應指甲午戰爭。清朝光緒二十年（西元一八九四年），歲次甲午，朝鮮發生東學黨之亂，日本趁機進占漢城，擊沉中國運兵船，並攻擊清廷牙山駐軍。七月一日中、日兩國正式宣戰，後清廷戰敗，簽訂馬關條約。

黃龍子道：「這就是北拳南革了。北拳之亂，起於戊子，成於甲午，至庚子、子午一沖而爆發，其興也勃然，其滅也忽然，北方之強也。其信從者，上自宮闈，下至將相而止，主義為壓漢。南革之亂，起於戊戌，成於甲辰，至庚戌，辰戌一沖而爆發，然其興也漸進，其滅也潛消，南方之強也。其信從者，下自士大夫，上亦至將相而止，主義為逐滿。

兩張中國義和團照片，上圖攝於1901的中國天津，下圖攝於1900年的中國北京。（圖片來源：Library of Congress）

此二亂黨，皆所以釀劫運，亦皆所以開文明也。北拳之亂※9，所以漸漸逼出甲辰之變法；南革之亂所以逼出甲寅之變法。甲寅之後文明大著，中外之猜嫌，滿、漢之疑忌，盡皆銷滅。魏真人《參同契》※10所說，『元年乃芽滋』，指甲辰而言。辰屬土，萬物生於土，故甲辰以後為文明芽滋之世，如木之坼甲※11，如筍之解籜※12。其實滿目所見者，皆木甲竹籜也，而真苞已隱藏其中矣。

「十年之間，籜甲漸解，至甲寅而齊。寅屬木，為花萼之象。甲寅以後為文明華敷※13之世，雖燦爛可觀，尚不足與他國齊趨並駕。直至甲子，為文明結實之世，可以自立矣。然後由歐洲新文明進而復我三皇五帝※14舊文明，進於大同之世矣。——然此事尚遠，非三五十年事也。」

子平聽得歡欣鼓舞，因又問道：「像這北拳南革，這些人究竟是何因緣？天為

註

※9北拳之亂：應是指庚子拳亂。清光緒二十六年（西元一九〇〇年），時值庚子年，義和團在慈禧太后縱容包庇下，燒教堂，殺教士，拆鐵路，毀電線，並先後殺害日本公使館書記杉山彬和德國公使克林德。甚至對各國宣戰，引起英、美、法、德、俄、義、日、奧八國聯軍攻打北京的事件。

※10《參同契》：爲道家重要典籍之一，相傳爲魏伯陽作。內容多假借周易爻象說丹鼎之術。

※11坼甲：外殼裂開。坼，裂開。讀作「撤」。

※12籜：竹皮、筍殼。讀作「拓」。

※13華敷：華，是花的古字。華敷，指花開的意思。

※14三皇五帝：古代傳說中的帝王。

◆阿修羅是印度神話中著名的惡神，圖為神祇與阿修羅正在戰鬥，約繪於十七世紀。

何要生這些人？先生是明道之人，正好請教，我常是不明白，上天有好生之德，天既好生，又是世界之主宰，為甚麼又要生這些惡人做甚麼呢？俗語話豈不是『瞎倒亂』嗎？」黃龍子點頭長歎，默無一言。稍停，問子平道：「你莫非以為上帝是尊無二上之神聖嗎？」子平答道：「自然是了。」黃龍子搖頭道：「還有一位尊者，比上帝還要了得呢！」

子平大驚，說道：「這就奇了！不但中國自有書籍以來，未曾聽得有比上帝再尊的，即環球各國亦沒有人說上帝之上更有那一位尊神的。——這真是聞所未聞了！」黃龍子道：「你看過佛經，知道阿修羅王[※15]與上帝爭戰之事嗎？」子平道：

「那卻曉得，然我實不信。」

黃龍子道：「這話不但佛經上說，就是西洋各國宗教家，也知道有魔王之說。那是絲毫不錯的。須知阿修羅隔若干年便與上帝爭戰一次，末後總是阿修羅敗，再過若干年，又來爭戰。試問，當阿修羅戰敗之時，上帝為甚麼不把他滅了呢，等他過若干年，又來害人？不知道他害人，是不智也；知道他害人而不滅之，是不仁也。豈有個不仁不智之上帝呢？足見上帝的力量是滅不動他，可想而知了。譬如兩國相戰，雖有勝敗之不同，彼一國即不能滅此一國，又不能使此一國降伏為屬國，雖然戰勝，則兩國仍為平等之國。這是一定的道理，上帝與阿修羅亦然。既不能滅之，又不能降伏之，惟吾之命是聽，則阿修羅與上帝便為平等之國，而上帝與阿修羅又皆不能出這位尊者之範圍，所以曉得這位尊者，位分實在上帝之上。」

子平忙問道：「我從未聽說過！請教這位尊者是何法號呢？」黃龍子道：「法號叫做『勢力尊者』。勢力之所至，雖上帝亦不能違拗他。我說個比方給你聽：上

註

※15阿修羅王：指阿修羅。佛教六道之一，也是八部眾之一。原爲古印度神話中的惡神，常與忉利天交戰。

天有好生之德，由冬而春，由春而夏，由夏而秋，上天好生的力量已用足了。你試想，若夏天之樹木、百草、百蟲，無不滿足的時候，若由著他老人家性子再往下去好生，不要一年，這地球便容不得了，又到那裡去找塊空地容放這些物事呢？所以就讓這霜雪寒風出世，拚命的一殺，殺得乾乾淨淨的，再讓上天來好生，這霜雪寒風就算是阿修羅的部下了。又可知這一生一殺都是『勢力尊者』的作用。此尚是粗淺的比方，不甚的確；要推其精義，有非一朝一夕所能算得盡的。」

璵姑聽了，道：「龍叔，今朝何以發出這等奇闢的議論？不但申先生未曾聽說，連我也未曾聽說過。究竟還是真有個『勢力尊者』呢，還是龍叔的寓言？」黃龍子道：「你且說是有一個上帝沒有？如有一個上帝，則一定有一個『勢力尊者』。要知道上帝同阿修羅都是『勢力尊者』的化身。」璵姑拍掌大笑道：「我明白了！『勢力尊者』就是儒家說的個『無極』，上帝同阿修羅王合起來就是個『太極』※16！對不對呢？」黃龍子道：「是的，不錯。」申子平亦歡喜起立，道：「被璵姑這一講，連我也明白了！」

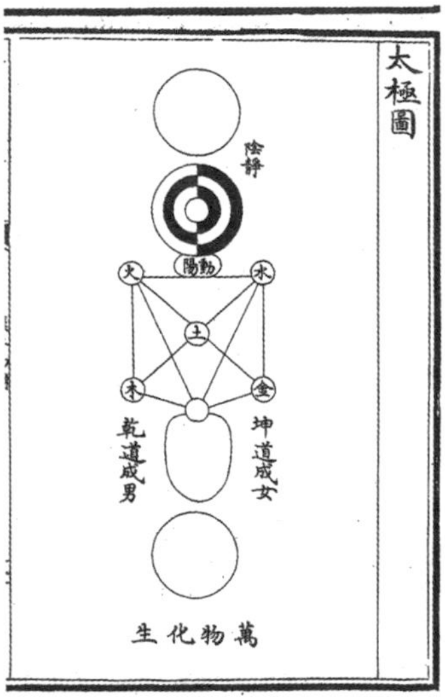
太極圖
陰靜
陽動
火
水
土
木
金
乾道成男
坤道成女
萬物化生
◆宋人朱震《漢上易傳卦圖》中的太極圖。

黃龍子道：「且慢。是卻是了，然而被你們這一講，豈不上帝同阿修羅都成了宗教家的寓言了嗎？若是寓言，就不如竟說『無極』、『太極』的妥當。要知上帝同阿修羅乃實有其人，實有其事，且等我慢慢講與你聽。不懂這個道理，萬不能明白那北拳南革的根源。將來申先生庶幾不至於攪到這兩重惡障※17裡去。就是璵姑，道根尚淺，也該留心點為是。

「我先講這個『勢力尊者』，即主持太陽宮者是也。環繞太陽之行星皆憑這個太陽為主動力。由此可知，凡屬這個太陽部下的勢力總是一樣，無有分別。又因這感動力所及之處與那本地的應動力相交，生出種種變相，莫可紀述。所以各宗教家的書總不及儒家的《易經》※18為最精妙。《易經》一書專講爻象※19，何以謂之爻象？你且看這『爻』字。」乃用手指在桌上畫，道：「一撇一捺，這是一交；又一

註

※16無極、太極：宋儒周敦頤推闡道體的本原爲無極而太極。如吾心寂然無思，萬善未發，即是無極，然而此心未發，自有昭然不昧的本體，即是太極。

※17惡障：佛教上指人世間的貪、慾等罪孽。

※18《易經》：原爲卜筮之書，經過孔子作傳後，始爲哲理的書，是儒家的重要典籍。

※19爻象：易卦中的爻辭與象辭的合撰。

同盟會是清末著名的革命黨之一，圖為同盟會成立油畫。

撇一捺，這又是一交。天上天下一切事理盡於這兩交了，初交為正，再交為變，一正一變，互相乘除，就沒有紀極了。這個道理甚精微，他們算學家略懂得一點。算學家說同名相乘為『正』，異名相乘為『負』，無論你加減乘除，怎樣變法，總出不了這『正』、『負』兩個字的範圍。所以『季文子三思而後行』，孔子說『再思可矣』※20，只有個再，沒有個三。

◎1

「話休絮聒，我且把那北拳南革再演說一番。這拳譬如人的拳頭，一拳打去，行就行，不行就罷了，沒甚要緊。然一拳打得巧時，也會送了人的性命。倘若躲過去，也就沒事。將來北拳的那一拳，也幾乎送了國家的性命，煞是可怕！然究竟只是一拳，容易過的。若說那革呢，革是個皮，即如馬革牛革，是從頭到腳無處不包著的。莫說是皮膚小病，要知道渾身潰爛起來，也會致命的。只是發作的慢，若留心醫治，也不至於有害大事。惟此『革』字上應卦象，不可小覷了他。諸位切忌：若攪入他的黨裡去，將來也是跟著潰爛，送了性命的！

「小子且把『澤火革』卦演說一番，先講這『澤』字。山澤通氣，澤就是谿河。谿河裡不是水嗎？《管子》說：『澤下尺，升上尺。』※21常云：『恩澤下於民。』這『澤』字不明明是個好字眼嗎？為甚麼『澤火革』便是個凶卦呢？偏又有個『水火既濟』※22的個吉卦放在那裡，豈不令人納悶？要知這兩卦的分別就在

註

※20季文子三思而後行、孔子說「再思可矣」：出自《論語．公冶長》：「季文子三思而後行。子聞之，曰：『再，斯可矣。』」。語譯：季文子遇到事情總要思考三次，才開始行動。孔子聽說這件事後，說：「思考兩次就可以了。」

※21澤下尺，升上尺：出自《管子．君臣上》：「澤下尺，生上尺」以下雨來比喻，天上的雨每降下一尺，的上的農作物就會往上生長一尺。比喻君主施恩於民，人民便會擁戴君王。

※22水火既濟：《象》曰：「水火既濟：水在火上，既濟。君子以思患而豫防之。」既濟卦是離下坎上，離爲火，坎爲水。象徵以火烹煮食物，上面的食物已經煮熟，表示事情得以成功，所以這裡說是吉卦。

評批

◎1：聞人說：《易經》能辟邪，一切妖魔鬼怪見之即走。此卷書亦能辟邪，一切妖魔鬼怪見之亦走。（劉鶚評）

清末革命團體「華興會」部分領導人，1905年攝於日本東京。

『陰』、『陽』二字上。坎水是陽水，所以就成個『水火既濟』，吉卦；兌水是陰水，所以成了個『澤火革』，凶卦。坎水陽德，從悲天憫人上起的，所以成了個既濟之象；兌水陰德，從憤懣嫉妒上起的，所以成了個革象。你看，〈彖辭〉※23上說道：『澤火革，二女同居，其志不相得。』※24你想，人家有一妻一妾，互相嫉妒，這個人家會興旺嗎？初起總想獨據一個丈夫，及至不行，則破敗主義就出來了。因愛丈夫而爭，既爭之後，雖損傷丈夫也不顧了；再爭，則破丈夫之家也不顧了；再爭，則斷送自己性命也不顧了；這叫做妒婦之性質。聖人只用『二女同居，其志不相得』兩句，把這南革諸公的小像直畫出來，比那照像照的還要清爽。

「那些南革的首領，初起都是官商人物，並都是聰明出眾的人才，因為所秉的是婦女陰水嫉妒性質，只知有己，不知有人，所以在世界上就不甚行得開了。由憤懣生嫉妒，由嫉妒生破壞。這破壞豈是一人做得的事呢？於是同類相呼，『水流濕，火就燥』※25，漸漸的越聚越多，鉤連上些人家的敗類子弟，一發做得如火如荼。其已得舉人、進士、翰林※26、部曹※27等官的呢，就談朝廷革命；其讀書不成，無著子弟，就學兩句愛皮西提衣或阿衣烏愛窩※28，便談家庭革命。一談了革命，就可以不受天理國法人情的拘束，豈不大痛快呢？可知太痛快了不是好事，吃得痛快，傷食；飲得痛快，病酒。今者，不管天理，不畏國法，不近人情，放肆做去，這種痛快不有人災，必有鬼禍，能得長久嗎？」◎2

註

※23〈彖辭〉：《易經》中統論卦義的文字。相傳爲文王所作。

※24澤火革，二女同居，其志不相得：出自《易經．革卦．彖》：「『革』，水火相息，二女同居，其志不相得。」語譯：當兩名女子共同服侍一位丈夫時，她們的意見就會不統一，經常會有衝突發生，導致家庭不和睦。

※25水流濕，火就燥：水往溼處流，火就乾處燒。比喻物以類聚。出自《易經．乾卦．文言》。

※26翰林：古代官名。明清兩代進士朝考後，得庶吉士的稱號。

※27部曹：古代各部分曹治事，因此稱各部的司官爲「部曹」。

※28愛皮西提衣或阿衣烏愛窩：愛皮西提衣爲英文「A、B、C、D、E」的音譯，阿衣烏愛窩爲日文母音「あ、い、う、え、お」的音譯。

※29陀羅尼咒：陀羅尼，一串幫助記憶的語言或聲音。爲梵語dhāraṇī的音譯。意譯爲總持。一般認爲它具有神祕的力量，使持誦者獲得功德和對佛法不忘的作用。陀羅尼又翻譯爲咒，指眞實無二之言。

評批

◎2：聞人說：「陀羅尼咒」※29若虔心誦讀，刀兵水火不能傷害。此卷書若虔心誦讀，刀兵水火亦不能傷害。（劉鶚評）

瑱姑道：「我也常聽父親說起，現在玉帝失權，阿修羅當道。然則這北拳南革都是阿修羅部下的妖魔鬼怪了？」黃龍子道：「那是自然，聖賢仙佛，誰肯做這些事呢？」

子平問道：「上帝何以也會失權？」黃龍子道：「名為『失權』，其實只是『讓權』，並『讓權』二字，還是假名；要論其實在，只可以叫做『伏權』。譬如秋冬的肅殺，難道真是殺嗎？只是將生氣伏一伏，蓄點力量，做來年的生長。道家說道：『天地不仁，以萬物為芻狗；聖人不仁，以百姓為芻狗。』※[30]又云：『取已陳之芻狗而臥其下，必眯※[31]。』春夏所生之物，當秋冬都是已陳之芻狗了，不得不洗刷一番。我所以說是『勢力尊者』的作用。上自三十三天※[32]，下至七十二地※[33]，人非人等，共總只有兩派：一派講公利的，就是上帝部下的聖賢仙佛；一派講私利的，就是阿修羅部下的鬼怪妖魔。」

申子平道：「南革既是破敗了天理國法人情，何以還有人信服他呢？」黃龍子道：「你當天理國法人情

✦《西遊記》中的插畫。

是到南革的時代才破敗嗎？久已亡失的了！《西遊記》※34是部傳道的書，滿紙寓言。他說那烏雞國王現坐著的是個假王，真王卻在八角琉璃井內。現在的天理國法人情就是坐在烏雞國金鑾殿上的個假王，所以要借著南革的力量，把這假王打死，然後慢慢地從八角琉璃井內把真王請出來。等到真天理國法人情出來，天下就太平了。」◎3

註

※30天地不仁，以萬物爲芻狗；聖人不仁，以百姓爲芻狗：出自《老子・五章》。「不仁」，是指無心無爲，無所偏愛的意思。「芻狗」是祭祀用的以草紮成的狗。「天地不仁」的意思是說，天地不偏愛任何特定的人事物，萬物在道的眼中都是一體無別。聖人治國也應當如此，將所有百姓都一視同仁，沒有親疏貴賤之別，如此才能把國家治理好。

※31眯：夢魘之意。此句可解釋爲拜祭過的芻狗已經失去用處，靠著它睡覺也只會做惡夢。

※32三十三天：忉利天意譯爲三十三天，是佛教中欲界天的第二層天。此處應非實指，是指天之極的意思。

※33七十二地：道教有七十二福地之說，是神仙所住的地方。此處應非實指，是指地之角的意思。

※34《西遊記》：明代吳承恩作，一百回。敘述孫悟空自大鬧天宮後，和豬八戒、沙悟淨保護唐僧去西天取經的故事。

※35大洞玉眞寶籙：不知作者指的是哪部道教經典。今存有《大洞眞經》，或稱《上清大洞眞經三十九章》，收入《正統道藏》洞眞部本文類。這部書認爲人的身體各部位都有神仙，通過修煉，可引導神仙下降於身體內，和體內的其他神祇相合，最終可飛升成仙。

評批

◎3：聞人說：「大洞玉眞寶籙」※35佩在身邊，自有金甲神將暗中保護。此卷書佩在身邊，亦有金甲神將暗中保護。（劉鶚評）

子平又問：「這真假是怎樣個分別呢？」黃龍子道：「《西遊記》上說著呢：叫太子問母后，便知道了。母后說道：「三年之前溫又暖，三年之後冷如冰。』這『冷』、『暖』二字便是真假的憑據。其講公利的人，全是一片愛人的心，所以發出來是口暖氣；其講私利的人，全是一片恨人的心，所以發出來是口冷氣。

「還有一個秘訣，我儘數奉告，請牢牢記住，將來就不至入那北拳南革的大劫數了。北拳以有鬼神為作用，南革以無鬼神為作用。說有鬼神，就可以裝妖作怪，鼓惑鄉愚，其志不過如此而已。若說無鬼神，其作用就很多了：第一條，說無鬼就可以不敬祖宗，為他家庭革命的根原；說無神則無陰譴※36、無天刑，一切違背天理的事都可以做得，又可以掀動破敗子弟的興頭。他卻必須住在租界或外國，以騁他反背國法的手段；必須痛詆人說有鬼神的，以騁他反背天理的手段；必須說叛臣賊子是豪傑，忠臣良吏為奴性，以騁他反背人情的手段；大都皆有辯才，以文其說。就如那妒婦破壞人家，他卻也有一番堂堂正正的道理說出來，可知道家也

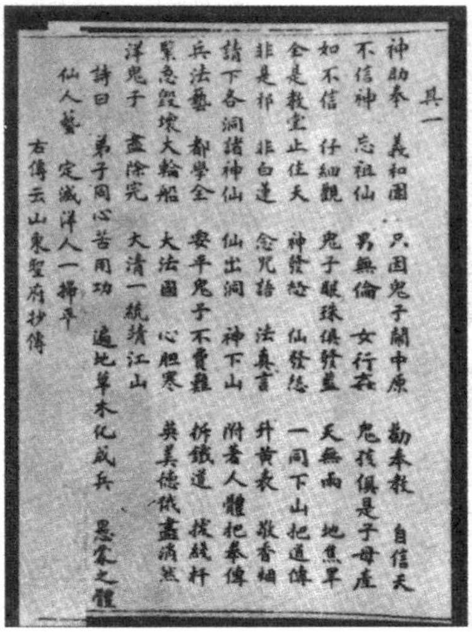
其一
神助拳　義和團　只因鬼子鬧中原　勸奉教　自信天
不信神　忘祖仙　男無倫　女行姦　鬼孩俱是子母產
如不信　仔細觀　鬼子眼珠俱發藍　天無雨　地焦旱
全是教堂止住天　神發怒　仙發怒　一同下山把道傳
非是邪　非白蓮　念咒語　法真言　升黃表　敬香烟
請下各洞諸神仙　仙出洞　神下山　附著人體把拳傳
兵法藝　都學全　要平鬼子不費難　拆鐵道　拔線杆
緊急毀壞大輪船　大法國　心膽寒　英美德俄盡消然
洋鬼子　盡除完　大清一統靖江山
詩曰　弟子同心苦用功　遍地草木化成兵　愚蒙之體
仙人藝　定滅洋人一掃平
右傳云山東聖府抄傳

義和團的傳單抄本，內文有「神助拳、請下各洞諸神仙」等語。

卻被他破了。南革諸君的議論也有驚采絕豔的處所，可知道世道卻被他攪壞了。

「總之，這種亂黨，其在上海、日本的容易辨別；其在北京及通都大邑的難以辨別。但牢牢記住：事事托鬼神便是北拳黨人，力闢無鬼神的便是南革黨人。若遇此等人，敬而遠之，以免殺身之禍，要緊，要緊！」◎4

申子平聽得五體投地佩服，再要問時，聽窗外晨雞已經喔喔的啼了。璵姑道：「天可不早了，真要睡了。」遂道了一聲「安置」，推開角門進去。黃龍子就在對面榻上取了幾本書做枕頭，身子一攲※38，已經齁聲雷起。申子平把將才的話又細細的默記了兩遍，方始睡臥。◎5

欲知後事如何，且聽下回分解。

註

※36陰譴：冥冥中遭受鬼神的譴罰。

※37通天犀：中國神話傳說中的一種動物。其腦上之角長且銳，角中有一孔，上下通貫，能出氣通天。見《抱朴子．內篇．登涉》。也作「辟水犀」、「駭雞犀」。

※38攲：傾斜不正。「攲」文獻異文作「欹」。讀作「一」。

※39洞天：道家認爲神仙居處多在名山洞府中，因洞中別有天地，故稱爲「洞天」。

評批

◎ 4：聞人說：通天犀※37燃著時能洞見鬼物，此卷書讀十遍亦能洞見鬼物。（劉鶚評）

◎ 5：聞人說：洞天※39石室有綠文金簡天書，凡夫讀之不能解釋，不能信從。此卷書凡夫讀之亦不能解釋，不能信從。（劉鶚評）

第十二回　寒風凍塞黃河水　暖氣催成白雪辭

話說申子平一覺睡醒，紅日已經滿窗，慌忙起來，黃龍子不知幾時已經去了。老蒼頭送進熱水洗臉，少停又送進幾盤幾碗的早飯來。子平道：「不用費心，替我姑娘前道謝，我還要趕路呢。」說著，璵姑已走出來，說道：「昨日龍叔不說嗎，倘早去也是沒用，劉仁甫午牌時候方能到關帝廟呢，用過飯去不遲。」

劉仁甫（左）與申東造（右）。（圖片來源：《繪圖老殘遊記》，1934年出版）

子平依話用飯，又坐了一刻，辭了璵姑，逕奔山集上。看那集上人煙稠密，店面雖不多，兩邊擺地攤，售賣農家器具及鄉下日用物件的，不一而足。問了鄉人，才尋著了關帝廟。果然劉仁甫已到，相見敘過寒溫，便將老殘書信取出。

仁甫接了，說道：「在下粗人，不懂衙門裡規矩，才具又短，恐怕有累令兄知人之明，總是不去的為是。因為接著金二哥捎來鐵哥的信，說一定叫去，又恐住的地方柏樹峪難走，覓不著，所以迎候在此面辭。一切總請二先生代為力辭方好。不是躲懶，也不是拿喬※1，實在恐不勝任，有誤尊事，務求原諒。」子平說：「不必過謙。家兄恐別人請不動先生，所以叫小弟專誠敦請的。」

劉仁甫見辭不掉，只好安排了自己私事，同申子平回到城武。申東造果然待之以上賓之禮，其餘一切均照老殘所囑付的辦理。初起也還有一兩起盜案，一月之後，竟到了「犬不夜吠」的境界了。這且不表。

卻說老殘由東昌府動身，打算回省城去。一日，走到齊河縣城南門覓店，看那街上，家家客店都是滿的，心裡詫異道：「從來此地沒有這麼熱鬧，這是甚麼緣故呢？」正在躊躇，只見門外進來一人，口中喊道：「好了，好了！快打通了！大約

註
※1拿喬：擺架子刁難。

明日一早晨就可以過去了！」

老殘也無暇訪問，且找了店家，問道：「有屋子沒有？」店家說：「都住滿了，請到別家去罷。」老殘說：「我已走了兩家，都沒有屋子，你可以對付一間罷，不管好歹。」店家道：「此地實在沒法了。東隔壁店裡，午後走了一幫客，你老趕緊去，或者還沒有住滿呢。」

老殘隨即到東邊店裡，問了店家，居然還有兩間屋子空著，當即搬了行李進去。店小二跑來打了洗臉水，拿了一枝燃著了的線香放在桌上，說道：「客人抽煙。」老殘問：「這兒為甚麼熱鬧？各家店都住滿了。」店小二道：「刮了幾天的大北風，打大前兒，河裡就淌凌※2，凌塊子有間把屋子大，擺渡船不敢走，恐怕碰上凌，船就要壞了。到了昨日，上灣子凌插住了，這灣子底下可以走船呢，卻又被河邊上的凌，把幾隻渡船都凍的死死的。昨兒晚上，東昌府李

一幅描繪冬天河水結冰的畫作，可以發現冰塊疊在一起，有艘船被凍在上面。（圖片來源：Hermann Penner，1879）

大人到了，要見撫臺回話，走到此地，過不去，急的甚麼似的。住在縣衙門裡，派了河夫、地保打凍。今兒打了一天，看看可以通了，只是夜裡不要歇手，歇了手，還是凍上。你老看，客店裡都滿著，全是過不去河的人。我們店裡今早晨還是滿滿的，因為有一幫客，內中有個年老的，在河沿上看了半天，說是『凍是打不開的了，不必在這裡死等，我們趕到雒口，看有法子想沒有，到那裡再打主意罷。』午牌時候才開車去的，你老真好造化。不然，真沒有屋子住。」店小二將話說完，也就去了。

老殘洗完了臉，把行李鋪好，把房門鎖上，也出來步到河堤上。看見那黃河從西南上下來，到此卻正是個灣子，過此便向正東去了。河面不甚寬，兩岸相距不到二里。若以此刻河水而論，也不過百把丈寬的光景，只是面前的冰，插的重重疊疊的，高出水面有七八寸厚。再望上游走了一二百步，只見那上流的冰，還一塊一塊的漫漫價※3來，到此地，被前頭的攔住，走不動就站住了。那後來的冰趕上他，只

註

※2凌：積冰。

※3價：吳語中的語尾助詞，常附於形容詞之後，用法跟「的」字相當。

◆老殘遇上黃河結冰。（許承菱繪）

擠得嗤嗤價響。後冰被這溜水逼的緊了，就竄到前冰上頭去；前冰被壓，就漸漸低下去了。看那河身不過百十丈寬，當中大溜約莫不過二、三十丈，兩邊俱是平水。這平水之上早已有冰結滿，冰面卻是平的，被吹來的塵土蓋住，卻像沙灘一般。中間的一道大溜，卻仍然奔騰澎湃，有聲有勢，將那走不過去的冰擠的兩邊亂竄。那兩邊平水上的冰，被當中亂冰擠破了，往岸上跑，那冰能擠到岸上有五、六尺遠。許多碎冰被擠的站起來，像個小插屏※4似的。看了有點把鐘工夫，這一截子的冰又擠死不動了。

老殘復行往下游走去。過了原來的地方，再往下走。只見有兩隻船，船上有十來個人都拿著木杵打冰，望前打些時，又望後打。河的對岸也有兩隻船，也是這麼打。看看天色漸漸昏了，打算回店。再看那堤上柳樹，一棵一棵的影子都已照在地下，一絲一絲的搖動，原來月光已經放出光亮來了。

回到店裡，開了門，喊店小二來，點上了燈。吃過晚飯，又到堤上閒步。這時

註

※4插屏：一種用於擺設的工藝品。類似單扇的小屏風，下面有座臺，上插有圖畫或大理石的玻璃框。

北風已息，誰知道冷氣逼人，比那有風的時候還利害些。幸得老殘早已換上申東造所贈的羊皮袍子，故不甚冷，還支撐得住。只見那打冰船，還在那裡打。每個船上點了一個小燈籠，遠遠看去，彷彿一面是「正堂」二字，一面是「齊河縣」三字，也就由他去了。擡起頭來，看那南面的山，一條雪白，映著月光分外好看。一層一層的山嶺，卻不大分辨得出，又有幾片白雲夾在裡面，所以看不出是雲是山。及至定神看去，方才看出那是雲、那是山來。雖然雲也是白的，山也是白的，雲也有亮光，山也有亮光，只因為月在雲上，雲在月下，所以雲的亮光是從背面透過來的。那山卻不然，山上的亮光是由月光照到山上，被那山上的雪反射

◆老殘見船上有十來個人都拿著木杵打冰。（圖片來源：民國石印本《老殘遊記》，陸子常繪）

過來，所以光是兩樣子的。然只就稍近的地方如此，那山往東去，越望越遠，漸漸的天也是白的，山也是白的，雲也是白的，就分辨不出甚麼來了。

老殘對著雪月交輝的景致，想起謝靈運※5的詩，「明月照積雪，北風勁且哀」※6兩句，若非經歷北方苦寒景象，那裡知道「北風勁且哀」的個「哀」字下的好呢？這時月光照的滿地灼亮，擡起頭來，天上的星一個也看不見，只有北邊，北斗七星※7，開陽搖光，像幾個淡白點子一樣，還看得清楚。那北斗正斜倚在紫微垣※8的西邊上面，杓在上，魁在下。心裡想道：「歲月如流，眼見斗杓又將東指了，人又要添一歲了。一年一年的這樣瞎混下去，如何是個了局呢？」又想到《詩經》

註

※5謝靈運：謝靈運（西元三八五至四三三年），南朝宋文學家，謝玄之孫，小名客兒，時稱謝客。年少好學，精通書畫，文章與顏延之同爲江左第一。喜歡遨遊山水，所到之處常爲題詠，以致其意。其詩開創山水寫實派風格。

※6明月照積雪，北風勁且哀：出自謝靈運〈歲暮〉。語譯：明月映照在積雪上，北風吹得極爲猛烈且悽厲。

※7北斗七星：天樞、天璇、天璣、天權、玉衡、開陽和搖光七顆星的合稱。這七顆星排列在北方的天空中，形狀很像古代舀酒的斗，故得名。下文提到開陽、搖光是北斗七星其中之二。

※8紫微垣：星座名稱。位於北斗七星的東北方。

上說的「維北有斗，不可以挹酒漿。」——※9——「現在國家正當多事之秋，那王公大臣只是恐怕擔處分，多一事不如少一事，弄的百事俱廢，將來又是怎樣個了局？國是如此，丈夫何以家為！」想到此地，不覺滴下淚來，也就無心觀玩景致，慢慢回店去了。一面走著，覺得臉上有樣物件附著似的，用手一摸，原來兩邊著了兩條滴滑的冰。初起不懂什麼緣故，既而想起，自己也就笑了。原來就是方才流的淚，天寒，立刻就凍住了，地下必定還有幾多冰珠子呢。悶悶的回到店裡，也就睡了。

次日早起，再到堤上看看，見那兩隻打冰船，在河邊上，已經凍實在了。問了堤旁的人，知道昨兒打了半夜，往前打去，後面凍上；往後打去，前面凍上。所以今兒歇手不打了，大總等冰結牢壯了，從冰上過罷。因此老殘也就只有這個法子了。閒著無事，到城裡散步一回，只有大街上有幾家鋪面，其餘背街上，瓦房都不甚多，是個荒涼寥落的景象。因北方大都如此，故看了也不甚詫異。回到房中，打開書篋，隨手取本書看，卻好拿著一本《八代詩選》，記得是在省城裡替一個湖南人治好了

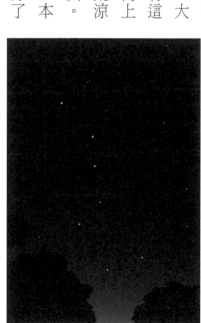

北斗七星照片，七顆星連起來像是一個斗杓。

病，送了當謝儀的。省城裡忙，未得細看，隨手就收在書箱子裡了；趁今天無事，何妨仔細看他一遍。原來是二十卷書，頭兩卷是四言；卷三至十一是五言；十二至十四是新體詩；十五至十七是雜言；十八是樂章；十九是歌謠；卷二十是雜著。再把那細目翻來看看，見新體裡選了謝朓※10二十八首，沈約※11十四首；古體裡選了謝朓五十四首，沈約三十七首。心裡很不明白，就把那第十卷與那十二卷同取出來對著看看，實看不出新體古體的分別處來。心裡又想：「這詩是王壬秋（闓運）※12選的，這人負一時盛名，而《湘軍志》※13一書做的委實是好，有目共賞，何以這

註

※9維北有斗，不可以挹酒漿：出自《詩經．小雅．大東》：「維北有斗，不可以挹酒漿。」北方有星斗，不能舀取酒水。

※10謝朓：謝朓（西元四六四至四九九年），南朝齊人，字玄暉。年少時好學，文章清麗脱俗，擅長草書與隸書及五言詩，詩作多描寫自然景物。世稱爲「小謝」。著有《謝宣城集》。朓，讀作「跳」。

※11沈約：沈約（西元四四一至五一三年），字休文，南朝梁武康人（今浙江省武康縣）。篤志好學，博覽群書，撰四聲譜，將字分爲平上去入四聲。著有《晉書》、《宋書》、《齊紀》、《梁武紀》等，有文集百卷。

※12王壬秋（闓運）：王闓運（西元一八三三至一九一六年），字壬秋，齋名湘綺樓，湖南湘潭人。爲晚清經學家、文學家。闓，讀作「凱」。

※13《湘軍志》：王闓運受曾紀澤邀請，爲湘軍所編撰的紀事本末體史書。

詩選得未愜人意呢？」既而又想：「沈歸愚※14選的《古詩源》，將那歌謠與詩混雜一起，也是大病；王漁洋《古詩選》※15，亦不能有當人意，算來還是張翰風的※16《古詩錄》差強人意。莫管他怎樣呢，且把古人的吟詠消遣閒愁罷了。」

看了半日，復到店門口閒立。立了一會，方要回去，見一個戴紅纓帽子的家人※17，走近面前，打了一個千兒※18，說：「鐵老爺，幾時來的？」老殘道：「我昨日到的。」嘴裡說著，心裡只想不起這是誰的家人。

那家人見老殘楞著，知道是認不得了，便笑說道：「家人叫黃升。敝上是黃應圖黃大老爺。」老殘道：「哦！是了，是了。我的記性真壞！我常到你們公館裡去，怎麼就不認得你了呢！」黃升道：「你老『貴人多忘事』罷咧。」老殘笑道：「人雖不貴，忘事倒實在多的。你們貴上是幾時來的？住在什麼地方呢？我也正悶的慌，找他談天去。」黃升道：「敝上是總辦※19莊大人委的，在這齊河上下買八百萬料。現在料也買齊全了，驗收委員※20也驗收過了，正打算回省銷差呢。剛剛這河

王漁洋像。（圖片來源：清葉衍蘭輯摹，黃小泉繪，《清代學者像傳》第一集）

又插上了，還得等兩天才能走呢。你老也住在這店裡嗎？在那屋裡？」

老殘用手向西指道：「就在這西屋裡。」黃升道：「敝上也就住在上房北屋裡，前兒晚上才到。前些時都在工上，因為驗收委員過去了，才住到這兒的。此刻是在縣裡吃午飯。吃過了李大人請著說閒話，晚飯還不定回來吃不吃呢。」老殘點點頭，黃升也就去了。

原來此人名黃應圖，號人瑞，三十多歲年紀，係江西人氏。其兄由翰林轉了御

註

※14沈歸愚：即沈德潛（西元一六七三至一七六九年），字碻士，號歸愚。江蘇長洲人，清代前期詩人，著有《沈歸愚詩文全集》。碻，讀作「卻」。

※15王漁洋：即王士禛（西元一六三四至一七一一年），小名豫孫，字貽上，號阮亭，別號漁洋山人，齋號蠶尾山房，山東新城（今山東桓台）人，擅長詩文，著有《漁洋山人精華錄》、《池北偶談》等五百餘種。

※16張翰風：即張琦（西元一七六四至一八三三年），字翰風，號宛鄰，江蘇陽湖人，著有《宛鄰詩文集》等書。

※17家人：僕役。

※18打千兒：是一種介乎作揖、下跪之間的禮節，清朝男子向人請安時，左膝前屈，右腿後彎，上身稍向前俯，右手下垂。

※19總辦：是朝廷臨時設置的機構，爲了處理某件特殊事務而設，此機構的負責人稱爲總辦。

※20驗收委員：朝廷爲了某件事務臨時委派人員去處理，即稱委員。專門處理驗收事務的，稱爲驗收委員。

史[※21]，與軍機達拉密[※22]至好，故這黃人瑞捐[※23]了個同知[※24]，來山東河工投效。有軍機的八行[※25]，撫臺是格外照應的，眼看大案保舉出奏，就是個知府大人了。人倒也不甚俗，在省城時，與老殘亦頗來往過數次，故此認得。

老殘又在店門口立了一刻，回到房中，也就差不多黃昏的時候。到房裡又看了半本詩，看不見了，點上蠟燭。只聽房門口有人進來，嘴裡喊道：「補翁，補翁！久違的很了！」

老殘慌忙立起來看，正是黃人瑞。彼此作過了揖，坐下，各自談了些別後的情事。黃人瑞道：「補翁還沒有用過晚飯罷？我那裡雖然有人送了個一品鍋[※26]，幾個碟子[※27]，恐怕不中吃，倒是早起我叫廚子用口蘑燉了一隻肥雞，大約還可以下飯，請你到我屋子裡去吃飯罷。古人云：『最難風雨故人來』，這凍河的無聊，比風雨更難受，好友相逢，這就不寂寞了。老殘道：「甚好，甚好，既有嘉肴，你不請我，也是要來吃的。」

人瑞看桌上放的書，順手揭起來一看，是《八代詩選》，說：「這詩總還算選得好的。」也隨便看了幾首，丟

清代的瓷器碟子。（圖片來源：Walters Art Museum）

下來說道：「我們那屋裡坐罷。」

於是兩個人出來。老殘把書理了一理，拿把鎖把房門鎖上，就隨著人瑞到上房裡來。看是三間屋子，一個裡間，兩個明間※28。堂屋門上掛了一個大呢夾板門簾，中間安放一張八仙桌子，桌子上鋪了一張漆布。人瑞問：「飯得了沒有？」家人說：「還須略等一刻，雞子還不十分爛。」人瑞道：「先拿碟子來吃酒罷。」

家人應聲出去，一霎時轉來，將桌子架開，擺了四雙筷子，四隻酒杯。老殘問：「還有那位？」人瑞道：「停一會兒你就知道了。」杯筷安置停妥，只有兩張椅子，又出去尋椅子去。人瑞道：「我們炕上坐坐罷。」明間西首本有一個土炕，

註

※21御史：明清兩代督察院的屬官，以都御史統轄諸御史，執掌彈劾。

※22達拉密：首腦、負責人。譯自滿洲語。

※23捐：指捐官。繳納錢財以求取官職。清代三品以下的官，可以透過捐官來取得官位。

※24同知：指正官之副。凡主管一事而不授以正官之名，則謂之知某事。清代的地方長官稱爲「知府」，次官稱爲「同知」，爲正五品的官員。

※25八行：古人所用信箋多爲八行，後來作爲信的代稱。

※26一品鍋：一種火鍋。內雜放雞、鴨、火腿、香菇、魚翅等菜餚。

※27碟子：盛裝在碟子上的菜餚。

※28明間：房屋一連幾間中地位較重要、用途較公開或較敞亮的房間。

炕上鋪滿了蘆蓆。炕的中間，人瑞鋪了一張大老虎絨毯，毯子上放了一個煙盤子，煙盤兩旁兩條大狼皮褥子，當中點著明晃晃的個太谷燈。

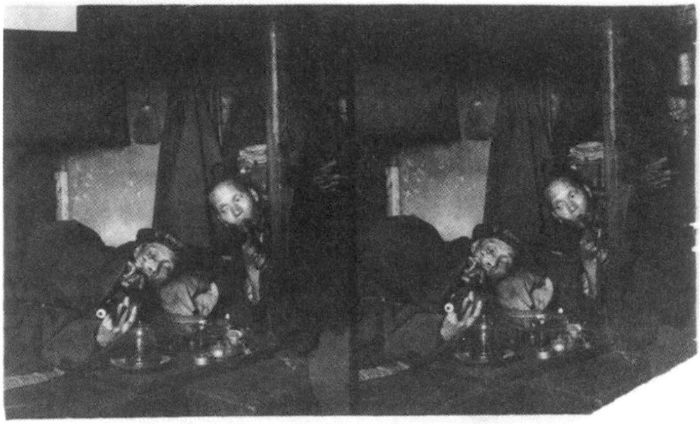

清末老照片，兩個正在吸食鴉片的男人。

怎樣叫做「太谷燈」呢？因為山西人財主最多，卻又人人吃煙※29，所以那裡煙具比別省都精緻。太谷是個縣名，這縣裡出的燈，樣式又好，火力又足，光頭又大，五大洲數他第一。可惜出在中國，若是出在歐美各國，這第一個造燈的人，各報上定要替他揚名，國家就要給他專利的憑據了。無奈中國無此條例，所以叫這太谷第一個造燈的人，同那壽州第一個造斗※30的人，雖能使器物利用，名滿天下，而自己的聲名埋沒。雖說擇術不正，可知時會使然。

閒話少說，那煙盤裡擺了幾個景泰藍的匣子，兩枝廣竹煙槍，兩邊兩個枕頭。人瑞讓老殘上首坐了，他就隨手躺下，拿了一枝煙籤子，挑煙來燒，說：「補翁，你還是不吃嗎？其實這樣東西，倘若吃得廢時失業的，自然是不好；若是不上癮，隨便消遣消遣，倒也是個妙品，你何必拒絕的這麼利害呢？」老殘道：「我吃煙的朋友很多，為求他上癮吃的一個也沒有，都是消遣消遣，就消遣進去了。及至上癮以後，不但不足以消遣，反成了個無窮之累。我看你老哥，也還是不消遣的為是。」人瑞道：「我自有分寸，斷不上這個當的。」

說著，只見門簾一響，進來了兩個妓女，前頭一個有十七八歲，鴨蛋臉兒；後頭一個有十五六歲，瓜子臉兒。進得門來，朝炕上請了兩個安。人瑞道：「你們來了？」朝裡指道：「這位鐵老爺，是我省裡的朋友。翠環，你就伺候鐵老爺，坐在那邊罷。」只見那個十七八歲的就挨著人瑞在炕沿上坐下了。那十五六歲的，卻立住，不好意思坐。老殘就脫了鞋子，挪到炕裡邊去盤膝坐了，讓他好坐。他就側著身，趔趄[※31]著坐下了。

註

※29吃煙：指吸食鴉片。
※30斗：此指抽鴉片用的煙斗。
※31趔趄：腳步不穩，身體歪斜的樣子。趔趄，讀作「列居」。

清末一群人正在吸食鴉片，攝影師黎芳攝於1880年。

老殘對人瑞道：「我聽說此地沒有這個的，現在怎樣也有了？」人瑞道：「不然，此地還是沒有。他們姐兒兩個，本來是平原二十里鋪做生意的。他爹媽就是這城裡的人，他媽同著他姐兒倆在二十里鋪住。前月他爹死了，他媽回來，因恐怕他們跑了，所以帶回來的，在此地不上店。這是我悶極無聊，叫他們找了來的。這個叫翠花，你那個叫翠環，都是雪白的皮膚，很可愛的。你瞧他的手呢，包管你合意。」老殘笑道：「不用瞧，你說的還會錯嗎？」

翠花倚住人瑞，對翠環道：「你燒口煙給鐵老爺吃。」人瑞道：「鐵爺不吃煙，你叫他燒給我吃罷。」就把煙籤子遞給翠環。翠環鞠拱著腰燒了一口，上在斗上，遞過去。人瑞呼呼價吃完。翠環再燒時，那家人把碟子、一品鍋均已擺好，說：「請老爺們用酒罷。」

人瑞立起身來說：「喝一杯罷，今天天氣很冷。」遂讓老殘上坐，自己對坐，命翠環坐在上横頭，翠花坐下横頭。翠花拿過酒壺，把各人的酒加了一加，放下酒壺，舉箸來先布老殘的菜。老殘道：「請歇手罷，不用布了。我們不是新娘子，自己會吃的。」隨又布了黃人瑞的菜。人瑞也替翠環布了一箸子菜。翠環慌忙立起身，道：「儜※32那歇手。」又替翠花布了一箸。翠花說：「我自己來吃罷。」就用勺子接了過來，遞到嘴裡，吃了一點，就放下來了。

人瑞再三讓翠環吃菜，翠環只是答應，總不動手。人瑞忽然想起，把桌子一拍，說：「是了，是了！」遂直著嗓子喊了一聲：「來啊！」只見門簾外走進一個家人來，離席六七尺遠，立住腳。人瑞點點頭，叫他走進一步，遂向他耳邊低低說了兩句話。只見那家人連聲道：「喳，喳。」回過頭就去了。

註

※32儜：用於尊稱他人。通「您」，讀作「能」。

過了一刻，門外進來一個著藍布棉襖的漢子，手裡拿了兩個三弦子，一個遞給翠花，一個遞給翠環，嘴裡向翠環說道：「叫你吃菜呢，好好的伺候老爺們。」翠環彷彿沒聽清楚，朝那漢子看了一眼。那漢子道：「叫你吃菜，你還不明白嗎？」翠環點頭道：「知道了。」當時就拿起筷子來布了黃人瑞一塊火腿，又夾了一塊，布給老殘。老殘說：「不用布最好。」人瑞舉杯道：「我們乾一杯罷！讓他們姐兒兩個唱兩曲，我們下酒。」

說著，他們的三弦子已都和好了弦，一遞一段的唱了一支曲子。人瑞用筷子在一品鍋裡撈了半天，看沒有一樣好吃的，便說道：「這一品鍋裡的物件，都有徽號，儜知道不知道？」老殘說：「不知道。」他便用筷子指著說道：「這叫『怒髮衝冠』的魚翅。這叫『百折不回』的海參。這叫『年高有德』的雞。這叫『酒色過度』的鴨子。這叫『恃強拒捕』的肘子。這叫『臣心如水』的湯。」說著，彼此大笑了一會。

他們姐兒兩個，又唱了兩三個曲子。家人捧上自己燉的雞來。老殘道：「酒很夠了，就趁熱盛飯來吃罷。」家

清代的三弦和琵琶演奏者。

人當時端進四個飯來。翠花立起，接過飯碗，送到各人面前，泡了雞湯，各自飽餐。飯後，擦過臉，人瑞說：「我們還是炕上坐罷。」家人來撤殘肴，四人都上炕去坐。老殘敧在上首，人瑞敧在下首。翠花倒在人瑞懷裡，替他燒煙。翠環坐在炕沿上，無事做，拿著弦子，崩兒崩兒價撥弄著頑※33。

人瑞道：「老殘，我多時不見你的詩了，今日總算『他鄉遇故知』，儜也該做首詩，我們拜讀拜讀。」老殘道：「這兩天我看見凍河，很想作詩，正在那裡打主意，被你一陣胡攪，把我的詩也攪到那『酒色過度』的鴨子裡去了！」人瑞道：「你快別『恃強拒捕』，我可就要『怒髮衝冠』了！」說罷，彼此呵呵大笑。老殘道：「有，有，有，明天寫給你看。」人瑞道：「那不行！你瞧，這牆上有斗大一塊新粉的，就是為你題詩預備的。」老殘搖頭道：「留給你題罷。」人瑞把煙槍望盤子裡一放，說：「稍緩即逝，能由得你嗎！」就立起身來，跑到房裡，拿了一枝筆、一塊硯臺、一錠墨出來，放在桌上，說：「翠環，你來磨墨。」翠環當真倒了

註

※33頑：嬉戲。通「玩」。

點冷茶，磨起墨來。

霎時間，翠環道：「墨得了，停寫罷。」人瑞取了個布撣子※34，說道：「翠花掌燭，翠環捧硯，我來撣灰。」把枝筆遞到老殘手裡，翠花舉著蠟燭臺，人瑞先跳上炕，立到新粉的一塊底下，把灰撣了。翠花、翠環也都立上炕去，站在左右。人瑞招手道：「來，來，來！」老殘笑說道：「你真會亂！」也就站上炕去，將筆在硯臺上蘸好了墨，呵了一呵，就在牆上七歪八扭的寫起來了。翠環恐怕硯上墨凍，不住的呵，那筆上還是裹了細冰，筆頭越寫越肥。頃刻寫完，看是：

地裂北風號，長冰蔽河下。
後冰逐前冰，相陵復相亞。
河曲易為塞，嵯峨※35銀橋架。
歸人長咨嗟，旅客空歎吒。
盈盈一水間，軒車不得駕。
錦筵招妓樂，亂此淒其夜。※36

清末攝影師黎芳拍攝的上海名妓照片。

人瑞看了，說道：「好詩，好詩！為甚不落款呢？」老殘道：「題個江右黃人瑞罷。」人瑞道：「那可要不得！冒了個會作詩的名，擔了個挾妓飲酒革職的處分，有點不合算。」老殘便題了「補殘」二字，跳下炕來。

翠環姐妹放下硯臺燭臺，都到火盆邊上去烘手，看炭已將燼，就取了些生炭添上。老殘立在炕邊，向黃人瑞拱拱手，道：「多擾，多擾！我要回屋子睡覺去了。」人瑞一把拉住，說道：「不忙，不忙！我今兒聽見一件驚天動地的案子，其中關係著無限的性命，有夭矯離奇※37的情節，正要與你商議，明天一黑早就要復命的。你等我吃兩口煙，長點精神，說給你聽。」老殘只得坐下。

未知究竟是段怎樣的案情，且聽下回分解。

註

※34布撣子：用布條紮成的拂塵。
※35嵯峨：山勢高峻的樣子。讀作「ㄘㄨㄛˋ ㄜˋ」。
※36地裂北風號，長冰蔽河下一詩：這首詩大意是說，黃河被冰封住了，旅客們無法搭船渡河。黃人瑞也被困在此地，只得召妓女設宴取樂，度過這漫漫長夜。
※37夭矯離奇：極奇怪而曲折。

第十三回　娓娓青燈女兒酸語　滔滔黃水觀察嘉謨

話說老殘復行坐下，等黃人瑞吃幾口煙，好把這驚天動地的案子說給他聽，隨便也就躺下來了。

翠環此刻也相熟了些，就倚在老殘腿上，問道：「鐵老，你貴處是那裡？這詩上說的是什麼話？」老殘一一告訴他聽。他便凝神想了一想，道：「說的真是不錯。但是詩上也興說這些話嗎？」老殘道：「詩上不興說這些話，更說什麼話呢？」翠環道：「我在二十里鋪的時候，過往客人見的很多，也常有

老殘復行坐下，等黃人瑞吃幾口煙。（圖片來源：民國石印本《老殘遊記》，陸子常繪）

題詩在牆上的，我最喜歡請他們講給我聽。聽來聽去，大約不過兩個意思：體面些的人總無非說自己才氣怎麼大，天下人都不認識他；次一等的人呢，就無非說那個姐兒長的怎麼好，同他怎麼樣的恩愛。

「那老爺們的才氣大不大呢，我們是不會知道的。只是過來過去的人怎樣都是些大才，為啥想一個沒有才的看看都看不著呢？我說一句傻話：既是沒才的這麼少，俗語說的好，『物以稀為貴』，豈不是沒才的倒成了寶貝了嗎？這且不去管他。

「那些說姐兒們長得好的，無非卻是我們眼面前的幾個人，有的連鼻子眼睛還沒有長的周全呢，他們不是比他西施，就是比他王嬙※1，不是說他沉魚落雁，就是說他閉月羞花。王嬙俺不知道他老是誰，有人說，就是昭君娘娘。我想，昭君娘娘跟那西施娘娘難道都是這種乏樣子※2嗎？一定靠不住了。

註

※1王嬙：字昭君，生卒年不詳，漢秭歸人。元帝時選入掖庭，呼韓邪單于入朝，求美人爲閼氏，帝以嬙賜之，號寧胡閼氏。

※2乏樣子：難看的樣子。

「至於說姐兒怎樣跟他好，恩情怎樣重，我有一回發了傻性子，去問了問，那個姐兒說：『他住了一夜就麻煩了一夜！天明問他要討個兩數銀子的體己※3，他就抹下臉來，直著脖兒梗，亂嚷說：『我正賬昨兒晚上就開發了，還要什麼體己錢？』那姐兒哩，再三央告著說：『正賬的錢呢，店裡夥計扣一分，掌櫃的又扣一分，賸※4下的全是領家的媽拿去，一個錢也放不出來。俺們的胭脂花粉，跟身上穿的小衣裳，都是自己錢買。光聽聽曲子的老爺們，不能問他要，只有這留住的老爺們，可以開口討兩個伺候辛苦錢。』再三央告著，他給了二百錢一個小串子，望地下一摔，還要撇著嘴說：『你們這些強盜婊子，真不是東西！混帳忘八旦※5！』你想有恩情沒有？因此，我想，作詩這件事是很沒有意思的，不過造些謠言罷了。你老的詩，怎麼不是這個樣子呢？」

老殘笑說道：「『各師父各傳授※6，各把戲各變手。』我們師父傳我們的時候，不是這個傳法，所以不同。」

黃人瑞剛才把一筒煙吃完，放下煙槍，說道：「真是『人不可貌相，海水不可斗量』。作詩不過是造些謠言，這句話真

清代的胭脂盒。（圖片來源：Metropolitan Museum of Art）

被這孩子說著了呢！從今以後，我也不作詩了，免得造些謠言，被他們笑話。」翠環道：「誰敢笑話你老呢！俺們是鄉下沒見過世面的孩子，胡說亂道，你老爺可別怪著我，給你老磕個頭罷。」就側著身子朝黃人瑞把頭點了幾點。黃人瑞道：「誰怪著你呢，實在說的不錯，倒是沒有人說過的話。可見『當局者迷，旁觀看清』。」

老殘道：「這也罷了，只是你趕緊說你那稀奇古怪的案情罷。既是明天一黑早要復命的，怎麼還這麼慢騰斯禮※7的呢？」人瑞道：「不用忙，且等我先講個道理你聽，慢慢的再說那個案子。我且問你，河裡的冰明天能開不能開？」答道：「不能開。」問：「冰不能開，冰上你敢走嗎？明日能動身嗎？」◎1答：「不能動

註

※3體己：個人的私蓄。此指恩客打賞給妓女的小費，是不用上繳，屬於妓女私人的報酬。

※4賸：餘留下來的。通「剩」。

※5忘八旦：古代罵人的話。「八旦」在古代是指做人的根本原則，即：孝、悌、忠、信、禮、義、廉、恥，又稱「八德」。忘八旦，是罵人違反做人的根本原則。

※6各師父各傳授：各個師父的傳授方法各不相同。比喻各有各的一套。

※7慢騰斯禮：動作緩慢、不慌不忙的樣子。也作「慢條斯禮」。

評批

◎1：止水結冰是何情狀？流水結冰是何情狀？小河結冰是何情狀？大河結冰是何情狀？河南黃河結冰是何情狀？山東黃河結冰是何情狀？須知前一卷所寫的是山東黃河結冰。

身。」問：「既不能動身，明天早起有甚麼要事沒有？」答：「沒有。」

黃人瑞道：「卻又來！既然如此，你慌著回屋子去幹甚麼？當此沉悶寂寥的時候，有個朋友談談，也就算苦中之樂了。況且他們姐兒兩個，雖比不上牡丹、芍藥，難道還及不上牽牛花、淡竹葉花嗎？剪燭斟茶，也就很有趣的。我對你說：在省城裡，你忙我也忙，總想暢談，總沒有個空兒。難得今天相遇，正好暢談一回。我常說：人生在世，最苦的是沒地方說話。你看，一天說到晚的話，怎麼說沒地方說話呢？大凡人肚子裡，發話有兩個所在：一個是從丹田底下出來的，那是自己的話；一個是從喉嚨底下出來的，那是應酬的話。省城裡那們些人，不是比我強的，就是不如我的。比我強的，他瞧不起我，所以不能同他說話；那不如我的，又要妒忌我，又不能同他說話。難道沒有同我差不多的人嗎？境遇雖然差不多，心地卻就大不同了。他自以為比我強，就瞧不起我；自以為不如我，就妒我；所以直沒有說話的地方。像你老哥總算是圈子外的人，今日難得相逢，我又素昔佩服你的，我想你應該憐惜我，同我談談。你偏急著要

吸食鴉片的器具。（圖片來源：Jacob Riis，1890年）

走，怎麼教人不難受呢？」

老殘道：「好，好，好！我就陪你談談。我對你說罷：我回屋子也是坐著，何必矯強呢？因為你已叫了兩個姑娘，正好同他們說說情義話，或者打兩個皮科兒※8嘻笑嘻笑，我在這裡不便。其實我也不是道學先生※9想吃冷豬肉※10的人，作甚麼偽呢！」人瑞道：「我也正為他們的事情，要同你商議呢。」站起來，把翠環的袖子抹上去，露出臂膊來，指給老殘看，說：「你瞧，這些傷痕教人可慘不可慘呢！」老殘看時，有一條一條青的，有一點一點紫的。人瑞又道：「這是膀子上如此，我想身上更可憐了。翠環，你就把身上解開來看看。」

翠環這時兩眼已擱滿了汪汪的淚，只是忍住不叫他落下來；被他手這麼一拉，卻滴滴的連滴了許多淚。翠環道：「看什麼，怪臊的！」人瑞道：「你瞧！這孩子傻不傻？看看怕甚麼呢？難道做了這項營生，你還害臊嗎？」翠環道：「怎不害

註

※8皮科兒：玩笑話。

※9道學先生：俗稱古板不知變通的讀書人。

※10想吃冷豬肉：指想要死後被人供奉在孔廟中祭祀的意思，是對道學先生的譏諷。冷豬肉，祭祀所用的肉。

✦黃人瑞拉起翠環的袖子給老殘看。（圖片來源：《老殘遊記》藝文書房版，1942年出版）

躁！」翠花這時眼眶子裡也擱著淚，說道：「儜別叫他脫了。」回頭朝窗外一看，低低向人瑞耳中不知說了兩句什麼話，人瑞點點頭，就不作聲了。

老殘此刻敧在炕上，心裡想著：「這都是人家好兒女，父母養他的時候，不知費了幾多的精神，歷了無窮的辛苦，淘氣碰破了塊皮，還要撫摩的；不但撫摩，心裡還要許多不受用。倘被別家孩子打了兩下，恨得甚麼似的。那種痛愛憐惜，自不待言。誰知撫養成人，或因年成饑饉，或因其父吃鴉片煙，或好賭錢，或被打官司拖累，逼到萬不得已的時候，就糊裡糊塗將女兒賣到這門戶人家，被鴇兒殘酷，有不可以言語形容的境界。」因此觸動自己的生平所見所聞，各處鴇兒的刻毒，真如一個師父傳授，總是一樣的手段，又是憤怒，又是傷心，不覺眼睛角裡，也自有點潮絲絲的起來了。

此時大家默無一言，靜悄悄的。只見外邊有人掮※11了一捲行李，由黃人瑞家人帶著，送到裡間房裡去了。那家人出來，向黃人瑞道：「請老爺要過鐵老爺的房門鑰匙來，好送翠環行李進去。」老殘道：「自然也掮到你們老爺屋裡去。」人瑞道：「得了，得了！別吃冷豬肉了。把鑰匙給我罷。」老殘道：「那可不行！我從來不幹這個的。」人瑞道：「我早吩咐過了，錢已經都給了。你這是何苦呢？」老殘道：「錢給了不要緊，該多少我明兒還你就截了。既已付過了錢，他老鴇子也沒有甚麼說的，也不會難為了他，怕什麼呢？」翠花道：「你當真的教他回去，跑不了一頓飽打，總說他是得罪了客。」

老殘道：「我還有法子：今兒送他回去，告訴他，明兒仍舊叫他，這也就沒事了。況且他是黃老爺叫的人，干我甚麼事呢？我情願出錢，豈不省事呢？」黃人瑞道：「我原是為你叫的。我昨兒已經留了翠花，難道今兒好叫翠花回去嗎？不過大家解解悶兒，我也不是一定要你如此云云。昨晚翠花在我屋裡講了一夜，坐到天明，不過我們借此解個悶，也讓他少挨兩頓打，那兒不是積功德呢？我先是因為他們的規矩，不留下是不准動筷子的。倘若不黑就來，坐到半夜裡餓著肚子，碰巧還

註

※11掮：用肩扛東西。讀作「前」。

省不了一頓打。因為老鴇兒總是說：客人既留你到這時候，自然是喜歡你的，為甚麼還會叫你回來？一定是應酬不好。碰的不巧就是一頓。所以我才叫他們告訴說：都已留下了。你不看見他那夥計叫翠環吃菜麼？那就是個暗號。」

說到此處，翠花向翠環道：「你自己央告央告鐵爺，可憐可憐你罷。」老殘道：「我也不為別的，錢是照數給。讓他回去，他也安靜，我也安靜些。」翠花鼻子裡哼了一聲，說：「你安靜是實，他可安靜不了的！」翠環歪過身子，把臉兒向著老殘道：「鐵爺，我看你老的樣子，怪慈悲的，怎麼就不肯慈悲我們孩子一點嗎？你老屋裡的炕，一丈二尺長呢，你老鋪蓋不過占三尺寬，還多著九尺地呢，就捨不得賞給我們孩子避一宿難嗎？倘若賞臉，要我孩子伺候呢，裝煙倒茶，也還會做；倘若惡嫌的很呢，求你老包涵些，賞個炕畸角混一夜，這就恩典得大了！」

老殘伸手在衣服袋裡將鑰匙取出，遞與翠花，說：「聽你們怎麼攪去罷，只是我的行李可動不得的。」翠花站起來，遞與那家人，說：「勞你駕，看他夥計送進去就出來。請停把門就鎖

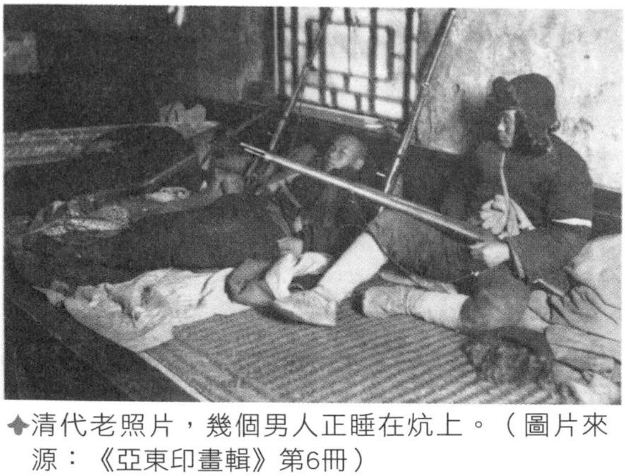

清代老照片，幾個男人正睡在炕上。（圖片來源：《亞東印畫輯》第6冊）

上。勞駕，勞駕！」那家人接著鑰匙去了。

老殘用手撫摩著翠環的臉，說道：「你是那裡人？你鴇兒姓甚麼？你是幾歲賣給他的？」翠環道：「俺這媽姓張。」說了一句就不說了，袖子內取出一塊手巾來擦眼淚，擦了又擦，只是不作聲。老殘道：「你別哭呀！我問你老底子家裡事，也是替你解悶的，你不願意說，就不說也行，何苦難受呢？」翠環道：「我原底子沒有家！」

翠花道：「你老別生氣，這孩子就是這脾氣不好，所以常挨打。其實也怪不得他難受。二年前他家還是個大財主呢，去年才賣到俺媽這兒來。他為自小兒沒受過這個折蹬※12，所以就種種的不討好。其實俺媽在這裡頭，算是頂善和的哩。他到了明年，恐怕要過今年這個日子也沒有了！」說到這裡，那翠環竟掩面嗚咽起來。翠花喊道：「嘿！這孩子可是不想活了！你瞧，老爺們叫你來為開心的，你可哭開自己咧！那不得罪人嗎？快別哭咧！」

老殘道：「不必，不必！讓他哭哭很好。你想，他憋了一肚子的悶氣，到那裡

註

※12折蹬：挫折，打擊。蹬，讀作「蹬」。

去哭？難得遇見我們兩個沒有脾氣的人，讓他哭個夠，也算痛快一回。」用手拍著翠環道：「你就放聲哭也不要緊，我知道黃老爺是沒忌諱的人。只管哭，不要緊的。」黃人瑞在旁大聲嚷道：「小翠環，好孩子，你哭罷！勞你駕，把你黃老爺肚裡憋的一肚子悶氣，也替我哭出來罷！」

大家聽了這話，都不禁發了一笑，連翠環遮著臉也撲嗤的笑了一聲。原來翠環本來知道在客人面前萬不能哭的，只因老殘問到他老家的事，又被翠花說出他二年前還是個大財主，所以觸起他的傷心，故眼淚不由的直穿出來，要強忍也忍不住。及至聽到老殘說他受了一肚子悶氣，到那裡去哭，讓他哭個夠，也算痛快一回，心裡想道：「自從落難以來，從沒有人這樣體貼過他，可見世界上男子並不是個個人都是拿女兒家當糞土一般作踐的。只不知道像這樣的人世界上多不多，我今生還能遇見幾個？想既能遇見一個，恐怕一定總還有呢。」心裡只顧這麼盤算，倒把剛才的傷心盤算的忘記了，反側著耳朵聽他們再說什麼。忽然被黃人瑞喊著要託他替哭，怎樣不好笑呢？所以含

清代的少女照片。（圖片來源：《亞東印畫輯》第2冊）

著兩泡眼淚，撲嗤的笑了一聲，並擡起頭來看了人瑞一眼。那知被他們看了這個形景，越發笑個不止。

翠環此刻心裡一點主意沒有，看看他們傻笑，只好糊裡糊塗，陪著他們嘻嘻的笑了一回。◎2

老殘便道：「哭也哭過了，笑也笑過了，我還要問你：怎麼二年前他還是個大財主？翠花，你說給我聽聽。」翠花道：「他是俺這齊東縣※14的人。他家姓田，在這齊東縣南門外有二頃多地，在城裡還有個雜貨鋪子。他爹媽只養活了他，還有他個小兄弟，今年才五六歲呢。他還有個老奶奶，俺們這大清河邊上的地，多半是棉花地，一畝地總要值一百多吊錢呢。他有二頃多地，不就是兩萬多吊錢嗎？連上鋪子，就夠三萬多了。俗說『萬貫家財』，一萬貫家財就算財主，他有三萬貫錢，不算個大財主嗎？」

老殘道：「怎麼樣就會窮呢？」翠花道：「那才快呢！不消三天，就家破人

註

※13爽：差錯。

※14齊東縣：中國舊縣名，在今山東省濱州市境。位於黃河航道和南北陸路交通的交匯之處。

評批

◎2：野史者，補正史之缺也。名可託諸子虛，事須證諸實在。此兩回所寫北妓，一斑毫釐無爽※13，推而至於別項，亦可知矣。

亡了！這就是前年的事情。俺這黃河不是三年兩頭的倒口子嗎？張撫臺※15為這個事焦的了不得似的。聽說有個甚麼大人，是南方有名的才子，他就拿了一本甚麼書給撫臺看，說這個河的毛病是太窄了，非放寬了不能安靜，必得廢了民埝※16，退守大堤。

「這話一出來，那些候補大人個個說好。撫臺就說：『這些堤裡百姓怎樣好呢？須得給錢叫他們搬開才好。』誰知道這些總辦候補道王八旦大人們說：『可不能叫百姓知道。你想，這堤埝中間五六里寬，六百里長，總有十幾萬家，一被他們知道了，這幾十萬人守住民埝，那還廢的掉嗎？』張撫臺沒法，點點頭，歎了口氣，聽說還落了幾點眼淚呢。這年春天就趕緊修了大堤，在濟陽縣南岸，又打了一道隔堤。這兩樣東西就是殺這幾十萬人的一把大刀！可憐俺們這小百姓那裡知道呢！◎3

「看看到了六月初幾裡，只聽人說：『大汛※20到咧！大汛到咧！』那埝上的隊伍不斷的兩頭跑。那河裡的水一天長一尺多，一天長一尺多，不到十天工夫，那水就比埝頂低不很遠了，比著那埝裡的平地，怕不有一兩丈高！到了十三四裡，只見那埝上的報馬，來來往往，

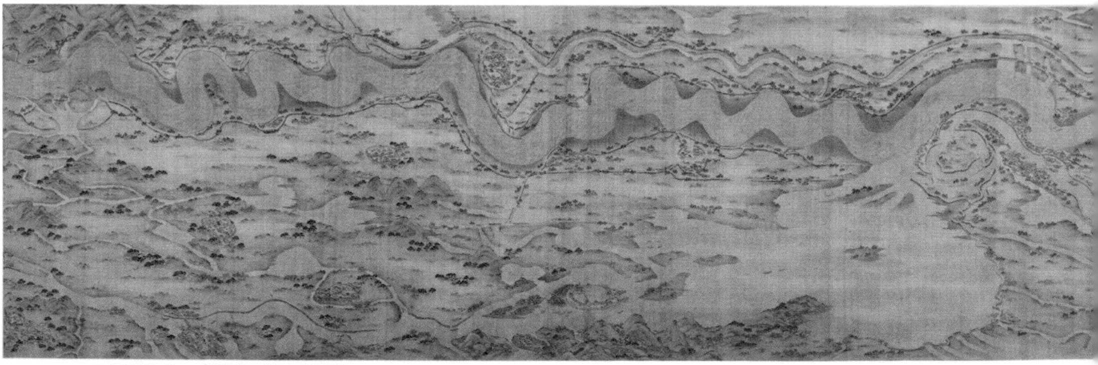

✦清佚名《黃河萬里圖》。

一會一匹，一會一匹。到了第二天晌午時候，各營盤裡，掌號齊人，把隊伍都開到大堤上去。

「那時就有急玲※21人說：『不好！恐怕要出亂子！俺們趕緊回去預備搬家罷！』誰知道那一夜裡，三更時候，又趕上大風大雨，只聽得稀里花拉，那黃河水就像山一樣的倒下去了。那些村莊上的人，大半都還睡在屋裡，呼的一聲，水就進去，驚醒過來，連跑是跑，水已經過了屋簷。天又黑，風又大，雨又急，水又猛，你老想，這時候有什麼法子呢？」

未知後事如何，且聽下回分解。

註

※15張撫臺：張曜（西元一八三二至一八九一年），字亮臣，號朗齋，順天府大興人，清朝官員。曾任廣西巡撫、山東巡撫，死後贈太子太保，諡勤果。撫臺，古代對巡撫的尊稱。

※16民埝：由民力所構築的堤。埝，讀作「念」。

※17愷悌：和樂平易。愷，讀作「凱」。

※18齊：戰國時代齊國故址，今中國山東省北部、河北省東南部一帶，故這裡把山東地區的人稱爲齊人。

※19乖謬：荒謬反常，違背情理。

※20汛：河流江海定期的漲水。

※21急玲：機靈的意思，機智靈敏。

評批

◎ 3：莊勤果慈祥愷悌※17，齊※18人至今思之。惟治河一端，不免乖謬※19，而廢濟陽以下民埝，退守大堤之舉，尤屬荒謬之至。慘不忍聞，況目見乎，此作者所以寄淚也。

第十四回　大縣若蛙半浮水面　小船如蟻分送饅頭

話說翠花接著說道：「到了四更多天，風也息了，雨也止了，雲也散了，透出一個月亮，湛明湛明。那村莊裡頭的情形是看不見的了，只有靠民埝近的，還有那抱著門板或桌椅板凳的，飄到民埝跟前，都就上了民埝。還有那民埝上住的人，拿竹竿子趕著撈人，也撈起來的不少。這些人得了性命，喘過一口氣來，想一想，一家人都沒有了，就賸了自己，沒有一個不是號啕痛哭。喊爹叫媽的，哭丈夫的，疼兒子的，一條哭聲，五百多里路長，你老看慘不慘呢！」

翠環接著道：「六月十五這一天，俺娘兒們正在南門鋪子裡，半夜裡聽見人嚷說：『水下來了！』大家聽說，都連忙起來。這一天本來很熱，人多半是穿著褂褲，在院子裡睡的。雨來的時候，才進屋子去。剛睡了一朦朦覺，就聽外邊嚷起來了，連忙跑到街上看，城也

1931年江淮水災後漢口市政府門前。

開了，人都望城外跑。城圈子外頭本有個小埝，每年倒口子※1用的，埝有五尺多高，這些人都出去守小埝。那時雨才住，天還陰著。

「一霎時，只見城外人，拚命價望城裡跑；又見縣官也不坐轎子，跑進城裡來，上了城牆。只聽一片聲嚷說：『城外人家，不許搬東西！叫人趕緊進城，就要關城，不能等了！』俺們也都扒到城牆上去看，這裡許多人用蒲包裝泥，預備堵城門。縣大老爺在城上喊：『人都進了城了，趕緊關城。』城廂裡頭本有預備的土包，關上城，就用土包把門後頭疊上了。

「俺有個齊二叔住在城外，也上了城牆，這時候，雲彩已經回了山，月亮很亮的。俺媽看見齊二叔，問他：『今年怎正※2利害？』齊二叔說：『可不是呢！往年倒口子，水下來，初起不過尺把高；正水頭到了，也不過二尺多高，沒有過三尺的；總不到頓把飯的工夫，水頭就過去，總不過二尺來往水。今年這水真霸道！一來就一尺多，一霎就過了二尺！縣大老爺看勢頭不好，恐怕小埝守不住，叫人趕緊

註

※1倒口子：此指黃河潰堤。

※2正：這麼的意思。

一個中國村莊正受洪水之災，約攝於1918年。（圖片來源：Library of Congress）

進城罷。那時水已將近有四尺的光景了。大哥這兩天沒見，敢是在莊子上麼？可擔心的很呢！』俺媽就哭了，說：『可不是呢！』

「當時只聽城上一片嘈嚷，說：『小埝漫※3咧！小埝漫咧！』城上的人呼呼價往下跑。俺媽哭著就地一坐，說：『俺就死在這兒不回去了！』俺沒法，只好陪著在旁邊哭。只聽人說：『城門縫裡過水！』那無數人就亂跑，也不管是人家，是店，是鋪子，抓著被褥就是被褥，抓著衣服就是衣服，全拿去塞城門縫子。一會兒把咱街上估衣鋪的衣服，布店裡的布，都拿去塞了城門縫子。漸漸聽說：『不過水了！』又聽嚷說：『土包單弱，恐怕擋不住！』這就看著多少人到俺店裡去搬糧食口袋，望城門洞裡去填。一會看著搬空了；又有那紙店裡的紙，棉花店裡的棉花，又是搬個乾淨。

「那時天也明了，俺媽也哭昏了，俺也沒法，只好坐地守著。耳朵裡不住的聽人說：『這水可真了不得！城外屋子已經過了屋簷！這水頭怕不快有一丈多深嗎！從來沒聽說有過這麼大的水！』後來還是店裡幾個夥計，上來把俺媽同俺架了回去。回到店裡，那可不像樣子了！聽見夥計說：『店裡整布袋的糧食都填滿了城門洞，囤子※4裡的散糧被亂人搶了一個精光。只有潑灑在地下的，掃了掃，還有兩三擔糧食。』店裡原有兩個老媽子，他們家也在鄉下，聽說這麼大的水，想必老老小小也都是沒有命了，直哭的想死不想活。

「一直鬧到太陽大歪西，夥計們才把俺媽灌醒了。大家喝了兩口小米稀飯。俺媽醒了，睜開眼看看，說：『老奶奶呢？』他們說：『在屋裡睡覺呢，不敢驚動他

註

※3漫：水滿而外溢。

※4囤子：此指儲藏穀物的地方。囤，讀作「豚」

老人家。』俺媽說：『也得請他老人家起來吃點呀！』待得走到屋裡，誰知道他老人家不是睡覺，是嚇死了。摸了摸鼻子裡，已經沒有氣。俺媽看見，哇的一聲，吃的兩口稀飯，跟著一口血塊子一齊嘔出來，又昏過去了。虧得個老王媽在老奶奶身上盡自摩挲，忽然嚷道：『不要緊！心口裡滾熱的呢。』忙著嘴對嘴的吹氣，又喊快拿薑湯來。到了下午時候，奶奶也過來了，俺媽也過來了，這算是一家平安了。

「有兩個夥計，在前院說話：『聽說城下的水有一丈四五了，這個多年的老城，恐怕守不住。倘若是進了城，怕一個活的也沒有！』又一個夥計道：『縣大老爺還在城裡，料想是不要緊的。』」

老殘對人瑞道：「我也聽說，究竟是誰出的這個主意，拿的是什麼書，你老哥知道麼？」人瑞道：「我是庚寅年來的，這是己丑年的事，我也是聽人說，未知確否。據說是史鈞甫史觀察※5創的議，拿的就是賈讓的《治河策》※6。他說當年齊與趙※7、魏※8以河為境，趙、魏瀕山，齊地卑下，作堤去河二十五里，河水東抵齊堤，則西

1939年天津水災時的日租界旭街。

氾趙、魏，趙、魏亦為堤，去河二十五里。

「那天，司道※9都在院上，他將這幾句指與大家看，說：『可見戰國時兩堤相距是五十里地了，所以沒有河患。今日兩民埝相距不過三四里，即兩大堤相距尚不足二十里。比之古人，未能及半，若不廢民埝，河患斷無已時。』宮保※10說：『這個道理我也明白，只是這夾堤裡面盡是村莊，均屬膏腴之地※11，豈不要破壞幾萬家的生產嗎？』

註

※5觀察：明清稱各道道員爲「觀察」。

※6賈讓三策：賈讓，生卒年不詳，西漢著名水利家。他提出治理黃河的三個方案：「徙冀州之民當水沖者，決黎陽遮害亭放河使北入海」是爲上策。語譯：把居住在冀州黃河沿岸的居民搬走，把黎陽遮害亭這裡的堤防打開，引導黃河的水使它向北流入大海。「多穿漕渠於冀州地，使民得以溉田，分殺水怒。」是爲中策。語譯：在多冀州這裡多開鑿幾條運河，讓人民可以用河水來灌溉農田，分散水勢。最下策是「繕完故堤，增卑倍薄」，「勞費無已，數逢其害。」即修築堤防來防堵河水，但這是浪費人力與財力的方法，而且仍無法有效預防黃河氾濫潰堤。

※7趙：戰國時代趙國故址，今中國河北省南部及山西省北部一帶。

※8魏：戰國時代魏國故址，今中國河南省北部、山西省西南部一帶。

※9司道：清朝時期是隸屬於巡撫管轄，專門設置的機構。此處應指司道官員。

※10宮保：古代官名。清代太子的老師之一。這裡指擁有宮保虛銜的官員，本文中的張宮保指的就是張曜，他有宮保虛銜，故稱他爲宮保而不稱巡撫，表示尊榮。

※11膏腴：肥沃的地方。

「他又指《治河策》給宮保看，說：『請看這一段說：「難者將曰：若此敗壞城郭田廬冢墓以萬數，百姓怨恨。」賈讓※12說：「昔大禹※13治水，山陵當路者毀之，故鑿龍門，闢伊闕※14，折砥柱※15，破碣石※16，墮斷天地之性，尚且為之。況此乃人工所造，何足言也？」』且又說：『「小不忍則亂大謀」，宮保以為夾堤裡的百姓、廬墓、生產可惜，難道年年決口就不傷人命嗎？此一勞永逸之事。所以賈讓說：「大漢方制萬里，豈其與水爭咫尺之地哉？此功一立，河定民安，千載無恙，故謂之上策。」漢朝方制，不過萬里，尚不當與水爭地；我國家方制數萬里，若反與水爭地，豈不令前賢笑後生嗎？』又指儲同人※17批評云：『「三策遂成不刊之典，然自漢以來，治河者率下策也。悲夫！漢、晉、唐、宋、元、明以來，讀書人無不知賈讓《治河策》等於聖經賢傳，惜治河者無讀書人，所以大功不立也。」宮保若能行此上策，豈不是賈讓二千年後得一知己？功垂竹帛，萬世不朽！』

宮保皺著眉頭道：『但是一件要緊的事，只是我捨不得這十幾萬

清弘旿《大禹治水圖卷》。

百姓現在的身家。』兩司道：『如果可以一勞永逸，何不另酬一筆款項，把百姓遷徙出去呢？』宮保說：『只有這個辦法，尚屬較妥。』後來聽說籌了三十萬銀子，預備遷民。至於為甚麼不遷，我卻不知道了。」

註

※12〈第十四回〉引賈讓說一段原文：出自《漢書．溝洫志》：「難者將曰：『若如此，敗壞城郭田廬冢墓以萬數，百姓怨恨。』昔大禹治水，山陵當路者毀之，故鑿龍門，辟伊闕，析底柱，破碣石，墮斷天地之性。此乃人功所造，何足言也！……大漢方制萬里，豈其與水爭咫尺之地哉？此功一立，河定民安，千載無患，故謂之上策。』語譯：非難的人一定會說：「如果這樣做的話，河水就會淹沒城牆房舍墳墓數以萬計，必定遭致百姓們的怨恨。」古時大禹治水，山陵擋路的必定讓河水淹沒，所以開鑿龍門（古代地名），開拓伊闕山，劈開底柱，劈開碣石，破壞土地原本的格局。這是人工開鑿的河道，何足掛齒！……我大漢朝地域萬里，難道還和河水爭這咫尺之地嗎？一旦成功，就能使河水不再潰堤，百姓再也不用受潰堤之苦，千年都不會再有水患，所以稱爲是上策。

※13大禹：夏代開國的君主，在位八年。顓頊之孫，因平治洪水有功，受舜禪讓爲天子，世稱爲「大禹」。

※14伊闕：指伊闕山，位於今河南省洛陽縣南。

※15底柱：應爲「砥柱」，山名。位於河南省三門峽東，屹立於黃河急流之中。今因整治河道，山已炸毀。

※16碣石：可能指石碑或者是碣石鎮，地名。廣東省汕尾市陸豐市轄鎮。

※17儲同人：儲欣（西元一六三一至一七〇六年），字同人，清朝宜興人。自幼勤奮好學，精通經史。

人瑞對著翠環說道：「後來怎麼樣呢？你說呀！」翠環道：「後來我媽拿定主意，聽他去，水來，俺就淹死去！」翠花道：「那下一年我也在齊東縣，俺住在北門俺三姨家。北門離民埝挺近，北門外大街鋪子又整齊，所以街後兩個小埝都不小，聽說是一丈三的頂。那邊地勢又高，所以北門沒有漫過來。十六那天，俺到城牆上，看見那河裡漂的東西，不知有多少呢，也有箱子，也有桌椅板凳，也有窗戶門扇。那死人，更不待說，漂的滿河都是，不遠一個，不遠一個，也沒人顧得去撈。有有錢的，打算搬家，就是雇不出船來。」

老殘道：「船呢？上那裡去了？」翠花道：「都被官裡拿了差，送饅頭去了。」老殘道：「送饅頭給誰吃？要這些船幹啥？」翠花道：「饅頭功德可就大了！那莊子上的人，被水沖的有一大半。還有一少半呢，都是急玲點的人，一見水來，就上了屋頂，所以每一個莊子裡屋頂上總有百把幾十人，四面都是水，到那兒摸吃的去呢？有餓急了，重行跳到水裡自盡的。虧得有撫臺派的委員，駕著船各處去送饅頭，大人三個，小孩兩個，第二天又有委員駕著空船，把他們送到

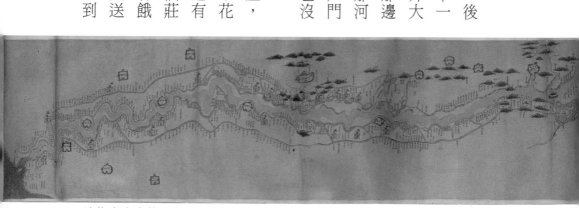

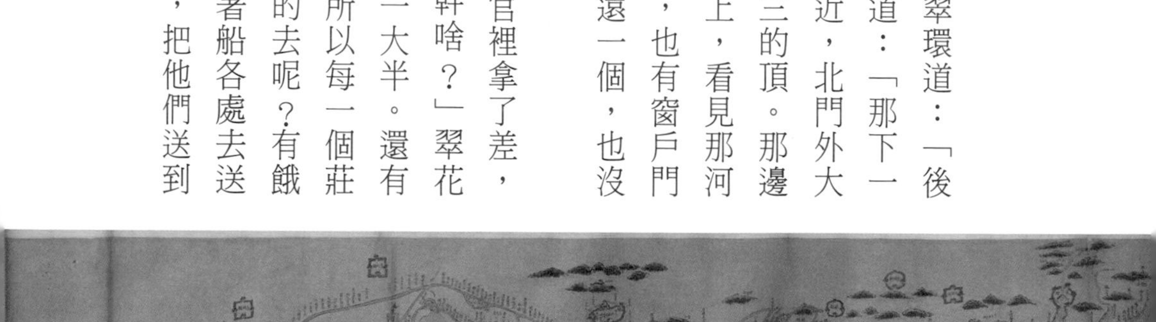

清代山東省黃河全圖，約繪於1881年（圖片來源：Library of Congress）

北岸。這不是好極的事嗎？誰知這些渾蛋還有許多蹲在屋頂上不肯下來呢！問他為啥，他說在河裡有撫臺給他送饃饃[※18]，到了北岸就沒人管他吃，那就餓死了。其實撫臺送了幾天就不送了，他們還是餓死。停說這些人渾不渾呢？」

老殘向人瑞道：「這事真正荒唐！是史觀察不是，雖未可知，然創此議之人，卻也不是壞心，並無一毫為己私見在內，只因但會讀書，不諳世故，舉手動足便錯。孟子所以說：『盡信書，則不如無書。』[※19]豈但河工[※20]為然？天下大事，壞於奸臣者十之三四，壞於不通世故之君子者，倒有十分之六七也！」又問翠環道：「後來你爹找著了沒有？還是就被水沖去了呢？」翠環收淚道：「那還不是跟水去了嗎！要是活著，能不回家來嗎？」大家歎息了一回。

老殘又問翠花道：「你才說他，到了明年，只怕要過今年這個日子也沒有了，這話是個甚麼緣故？」翠花道：「俺這個爹不是死了嗎？喪事裡多花了一百幾十吊錢；前日俺媽賭錢——擲骰子——又輸了二三百吊錢。共總虧空四百多吊，今年的

註

※18 饃饃：饅頭。
※19 盡信書，則不如無書：出自《孟子．盡心下》。指讀書不可拘泥於書上所載，一味盲從。
※20 河工：此指治理黃河的工程。

✦官差在船上分送饅頭給屋頂上的災民。（許承菱繪）

年，是萬過不去的了。所以前兒打算把環妹賣給蒯二禿子家。這蒯二禿子出名的利害，一天沒有客，就要拿火筷子烙人。俺媽要他三百銀子，他給了六百吊錢，所以沒有說妥。你老想，現在到年，還能有多少天？這日子眼看著越過越緊，倘若到了年下，怕他不賣嗎？這一賣，翠環可就夠他難受了。」

老殘聽了，默無一言，翠環卻只揩淚。黃人瑞道：「殘哥，我才說，為他們的事情要同你商議，正是這個緣故。我想，眼看著一個老實孩子送到鬼門關裡頭去，實在可憐。算起不過三百銀子的事情，我願意出一半，那一半找幾個朋友湊湊，你老哥也隨便出幾兩，不拘多少。但是這個名我卻不能擔，倘若你老哥能把他要回去，這事就容易辦了。你看好不好？」老殘道：「這事不難。銀子呢，既你老哥肯出一半，那一半就是我兄弟出了罷。再要跟人家化緣，就不妥當了。只是我斷不能要他，還得再想法子。」

翠環聽到這裡，慌忙跳下炕來，替黃、鐵二公磕了兩個頭，說道：「兩位老爺菩薩，救命恩人，捨得花銀子把我救出火坑，不管做甚麼，丫頭、老媽子，我都情願。只是有一件事，我得稟明在前：我所以常挨打，也不怪俺這媽，實在是俺自己的過犯。俺媽當初，因為實在餓不過了，所以把我賣給俺這媽，得了二十四吊錢，謝犒※21中人※22等項去了三、四吊，只落了二十吊錢。接著去年春上，俺奶奶死了，這錢可就光了。俺媽領著俺個小兄弟討飯吃，不上半年，連餓帶苦，也就死了，只剩了俺一個小兄弟，今年六歲。虧了俺有個舊街坊李五爺，現在也住在這齊河縣，做個小生意，他把他領了去，隨便給點吃吃。只是他自顧還不足的人，那裡能管他飽呢？穿衣服是更不必說了。所以我在二十里鋪的時候，遇著好客，給個一吊八百的呢，我就一兩個月攢個三千兩吊的給他寄來。現在蒙兩位老爺救我出來，如在左近二三百里的地方呢，那就不說了，我總能省幾個錢給他寄來；倘要遠去呢，請兩位恩爺總要想法，許我把這個孩子帶著，或寄放在俺裡廟裡，或找個小戶人家養著。俺田家祖上一百世的祖宗，做鬼都感激二位爺的恩典！結草銜環※23，一定會報答你二位的！可憐俺田家就這一線的根苗！……」說到這裡，便又號啕痛哭起來。

人瑞道：「這又是一點難處。」老殘道：

駕著船各處去送饅頭。（圖片來源：民國石印本《老殘遊記》，陸子常繪）

「這也沒有什麼難，我自有個辦法。」遂喊道：「田姑娘，你不用哭了，包管你姊兒兩個一輩子不離開就是了。你別哭，讓我們好替你打主意；你把我們哭昏了，就出不出好主意來了。快快別哭罷。」翠環聽罷，趕緊忍住淚，骨鼕骨鼕※24替他們每人磕了幾個響頭。老殘連忙將他攙起。誰知他磕頭的時候，用力太猛，把額頭上碰了一個大皰，皰又破了，流血呢。

老殘扶他坐下，說：「這是何苦來呢！」又替他把額上血輕輕揩了，讓他在炕上躺下，這就來同人瑞商議說：「我們辦這件事，當分個前後次第：以替他贖身為第一步，以替他擇配為第二步。贖身一事又分兩層：以私商為第一步，公斷為第二步。此刻別人出他六百吊，我們明天把他領家的※25叫來，也先出六百吊，隨後再

註

※21謝犒：慰勞、酬賞。犒，讀作「靠」。

※22中人：買賣仲介或居中調停的人。

※23結草銜環：結草，是指春秋時代晉國魏顆救父妾，而獲老人結草禦敵的故事。銜環，漢代楊寶曾救治一隻黃雀，當時牠正遭受鴟梟的攻擊，黃雀傷癒後飛走。某天夜裡有位黃衣童子前來，贈楊寶白環四枚，以報答他的恩德。故後世以結草銜環，比喻生前受恩死後圖報。

※24骨鼕骨鼕：狀聲詞，模擬磕頭的聲音。鼕，讀作「冬」。

※25領家的：鴇母。

添。此種人不宜過於爽快；你過爽快，他就覺得奇貨可居了。此刻銀價每兩換兩吊七百文，三百兩可換八百一十吊，連一切開銷，一定足用的了。看他領家的來，口氣何如？倘不執拗，自然私了的為是；如懷疑刁狡※26呢，就託齊河縣替他當堂公斷一下，仍以私了結局。人翁以為何如？」

人瑞道：「極是，極是！」老殘又道：「老哥固然萬無出名之理，兄弟也不能出全名，只說是替個親戚辦的就是了。等到事情辦妥，再揭明擇配的宗旨；不然，領家的是不肯放的。」人瑞道：「很好。這個辦法，一點不錯。」老殘道：「銀子是你我各出一半，無論用多少，皆是這個分法；但是我行篋※27中所有，頗不敷用，要請你老哥墊一墊，到了省城，我就還你。」人瑞道：「那不要緊，贖兩個翠環，我這裡的銀子都用不了呢。只要事情辦妥，老哥還不還都不要緊的。」老殘道：「一定要還的！我在有容堂還存著四百多銀子呢！你不用怕我出不起，怕害的我沒飯吃。你放心罷！」

人瑞道：「就是這麼辦，明天早起，就叫他們去喊他領家的去。」翠花道：

◆清代時黃河築堤工程圖（局部），約繪於1875年
（圖片來源：Library of Congress）

「早起你別去喊。明天早起，我們姐兒倆一定要回去的。你老早起一喊，倘若被他們知道這個意思，他一定把環妹妹藏到鄉下去，再講盤子※28，那就受他的拿捏了。況且他們抽鴉片煙的人，也起不早；不如下午，你老先著人叫我們姐兒倆來，然後去叫俺媽，那就不怕他了。只是一件，這事千萬別說我說的。環妹妹是超陞了的人，不怕他，俺還得在火坑裡過活兩年呢。」人瑞道：「那自然，還要你說嗎？明天我先到縣衙門裡，順便帶個差人來。倘若你媽作怪，我先把翠環交給差人看管，那就有法制他了。」說著，大家都覺得喜歡得很。

老殘便對人瑞道：「他們事已議定，大概如此，只是你先前說的那個案子呢？我到底不放心。你究竟是真話是假話？說了我好放心。」

未知後事如何，且聽下回分解。◎1

註

※26刁狡：奸詐狡猾。

※27篋：讀作「竊」。置物箱。

※28講盤子：商討價錢。

※29光緒己丑年：西元一八八九年。

※30奉檄：收到徵召錄用的通知書。檄，讀作「息」。

評批

◎1：廢濟陽以下民埝，是光緒己丑年※29事。其時作者正奉檄※30測量東省黃河，目睹屍骸逐流而下，自朝至暮，不知凡幾。山東村居屋皆平頂，水來民皆升屋而處。一日，作者船泊小街子，見屋頂上人約八、九十口，購饅頭五十斤散之。值夜大風雨，耳中時聞坍屋聲，天微明，風息雨未止，急開船窗視之，僅十人餘矣！不禁痛哭，作者告予云：生平有三大傷心事，山東廢民埝，是其傷心之一也。（劉鶚評）

第十五回　烈焰有聲驚二翠　嚴刑無度逼孤孀

話說老殘與黃人瑞方將如何拔救翠環之法商議停妥，老殘便向人瑞道：「你適才說，有個驚天動地的案子，其中關係著無限的人命，又有夭矯離奇的情節，到底是真是假？我實實的不放心。」人瑞道：「別忙，別忙。方才為這一個毛丫頭的事，商議了半天。正經勾當，我的煙還沒有吃好，讓我吃兩口煙，提提神，告訴你。」

翠環此刻心裡蜜蜜的高興，正不知如何是好，聽人瑞要吃煙，趕緊拿過籤子來，替人瑞燒了兩口吃著。人瑞道：「這齊河縣東北上，離城四十五里，有個大村鎮，名叫齊東鎮，就是周朝齊東野人[※1]的老家。這莊上有三四千人家，有條大街，有十幾條小街。路南第三條小街上，有個賈老翁。這老

兩個正在吸鴉片煙的中國人，約攝於1867年。

翁年紀不過五十望歲，生了兩個兒子，一個女兒。大兒子在時，有三十多歲了，二十歲上娶了本村魏家的姑娘。魏、賈這兩家都是靠莊田吃飯，每人家有四、五十頃地。魏家沒有兒子，只有這個女兒，卻承繼了一個遠房侄兒在家，管理一切事務。只是這個承繼兒子不甚學好，所以魏老兒很不喜歡他，卻喜歡這個女壻※2如同珍寶一般。誰知這個女壻去年七月，感了時氣※3，到了八月半邊，就一命嗚呼哀哉死了。過了百日，魏老頭恐怕女兒傷心，常常接回家來過個十天半月的，解解他的愁悶。

「這賈家呢，第二個兒子今年二十四歲，在家讀書。人也長的清清秀秀的，筆下也還文從字順。賈老兒既把個大兒子死了，這二兒子便成了個寶貝，恐怕他

註

※1齊東野人：出自《孟子．萬章上》。咸丘蒙聽人說德行高的人，連父親和君王都要向他拜見，他以此問孟子，孟子回答：「否。此非君子之言，齊東野人之語也。」語譯：不，這不是君子所說的話這是鄉野村夫所言。」齊東野人，趙岐注：「東野，東作田野之人所言耳，咸丘蒙齊人也，故聞齊野人之言，……謂治農事也。」朱熹注：「齊東，齊國之東鄙也。」由此可知，齊東野人是個在齊國東邊耕種的一個農夫，趙岐說咸丘蒙是齊國人，所以聽到齊國東邊一個農夫所說的話。劉鶚在此將齊東野人當成一個人名。

※2壻：同今婿字，是婿的異體字。女婿。

※3時氣：因氣候變化而流行的傳染病。

勞神，書也不教他念了。他那女兒今年十九歲，像貌長的如花似玉，又加之人又能幹，家裡大小事情，都是他做主，因此本村人替他起了個渾名，叫做『賈探春』※4。老二娶的也是本村一個讀書人家的女兒，性格極其溫柔，輕易不肯開口，所以人越發看他老實沒用，起他個渾名叫『二呆子』。

「這賈探春長到一十九歲，為何還沒有婆家呢？只因為他才貌雙全，鄉莊戶下，那有那麼俊俏男子來配他呢？只有鄰村一個吳二浪子，人卻生得倜儻不群※5。像貌也俊，言談也巧，家道也豐富，好騎馬射箭，同這賈家本是個老親，一向往來，彼此女眷都是不迴避的，只有這吳二浪子曾經託人來求親。

「賈老兒暗想，這個親事倒還做得。只是聽得人說，這吳二浪子，鄉下已經偷上了好幾個女人，又好賭，又時常好跑到省城裡去頑耍，動不動一兩個月的不回來。心裡算計，這家人家，雖算鄉下的首富，終久家

✦清代畫家喻蘭筆下的清代富貴人家女子。（圖片來源：《仕女清娛圖冊》）

私要保不住，因此就沒有應許。以後卻是再要找個人材家道相平的，總找不著，所以把這親事就平擱下了。

「今年八月十三是賈老大的週年，家裡請和尚拜了三天讖。是十二、十三、十四三天。經讖拜完，魏老兒就接了姑娘回家過節。誰想當天下午，陡聽人說，賈老兒家全家喪命。這一慌真就慌的不成話了！連忙跑來看時，卻好鄉約※6、里正※7俱已到齊。全家人都死盡，止有賈探春和他姑媽來了，都哭的淚人似的。頃刻之間，魏家姑奶奶——就是賈家的大娘子——也趕到了；進得門來，聽見一片哭聲，也不曉得青紅皂白，只好號啕大哭。

「當時里正前後看過，計門房死了看門的一名，長工二名，廳房堂屋倒在地下死了書童一名，廳房裡間賈老兒死在炕上，二進上房，死了賈老二夫妻兩名，旁邊老媽子一名，炕上三歲小孩子一名，廚房裡老媽子一名，丫頭一名，廂房裡老媽

註

※4賈探春：曹雪芹《紅樓夢》中的人物，是一名處事精明幹練，持家有道的女子。
※5倜儻不群：灑脫豪放，卓異不凡。倜，讀作「替」。
※6鄉約：鄉里中掌理公共事務的人。
※7里正：相當於今之鄰里長，下文的地保也同此解。

子一名，前廳廂房裡管帳先生一名；大小男女，共死了一十三名。當時具稟，連夜報上縣來。

「縣裡次日一清早，帶同仵作※8下鄉一一相驗，沒有一個受傷的人，骨節不硬，皮膚不發青紫，既非殺傷，又非服毒，這沒頭案子就有些難辦。一面賈家辦理棺斂，一面縣裡具稟申報撫臺。縣裡正在序稿※9，突然賈家遣個抱告※10，言已查出被人謀害形跡。」

方說到這裡，翠環擡起頭來喊道：「儜瞧！窗戶怎樣這麼紅呀？」一言未了，只聽得必必剝剝的聲音，外邊人聲嘈雜，大聲喊叫說：「起火！起火！」幾個連忙跑出上房門來，才把簾子一掀，只見那火正是老殘住的廂房後身。老殘連忙身邊摸出鑰匙，去開房門上的鎖。黃人瑞大聲喊道：「多來兩個人幫鐵老爺搬東西！」

老殘剛把鐵鎖開了，將門一推，只見房內一大團黑煙，望外一撲，那火舌已自由窗戶裡冒出來了。老殘被那黑煙沖來，趕忙望後一退，卻被一塊磚頭絆住，跌了

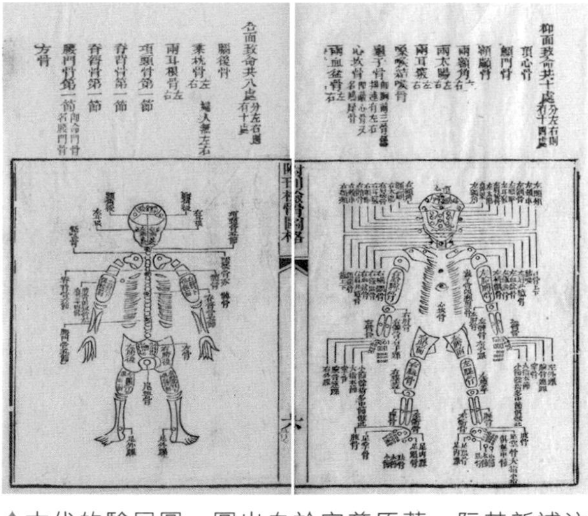

古代的驗屍圖。圖出自於宋慈原著，阮其新補注《補註洗冤錄集證》，道光23年序。

一交，恰好那些來搬東西的人正自趕到，就勢把老殘扶起，攙過東邊去了。

當下看那火勢，怕要連著上房，黃人瑞的家人就帶著眾人，進上房去搶搬東西。黃人瑞站在院心裡，大叫道：「趕先把那帳箱搬出，別的卻還在後！」說時，黃升已將帳箱搬出。那些人多手雜的，已將黃人瑞箱籠行李都搬出來放在東牆腳下。店家早已搬了幾條長板凳來，請他們坐。人瑞檢點物件，一樣不少，卻還多了一件，趕忙叫人搬往櫃房裡去。

看官，你猜多的一件是何物事？原來正是翠花的行李。人瑞知道縣官必來看火，倘若見了，有點難堪，所以叫人搬去。並對二翠道：「你們也往櫃房裡避一避去，立刻縣官就要來的。」二翠聽說，便順牆根走往前面去了。

且說火起之時，四鄰人等及河工夫役，都尋覓了水桶、水盆之類，趕來救火。無奈黃河兩岸俱已凍得實實的，當中雖有流水之處，人卻不能去取。店後有個大坑塘，卻早凍得如平地了。城外只有兩口井裡有水，你想，慢慢一桶一桶打起，中何

註

※8件作：在官署中擔任檢驗死傷工作的官吏。相當於現在的法醫。
※9序稿：草擬底稿。
※10抱告：清代制度，政府官吏及婦女有訴訟事，派親屬或家人代表投案，稱為「抱告」。

✦老殘見自己的屋內起火。（許承菱繪）

用呢？這些人人急智生，就把坑裡的冰鑿開，一塊一塊的望火裡投。那知這冰的力量比水還大，一塊冰投下去，就有一塊地方沒了火頭。這坑正在上房後身，有七、八個人立在上房屋脊上，後邊有數十個人運冰上屋，屋上人接著望火裡投，一半投到火裡，一半落在上房屋上，所以火就接不到上房這邊來。

老殘與黃人瑞正在東牆看人救火，只見外面一片燈籠火把，縣官已到，帶領人夫手執撓鉤長杆等件，前來救火。進得門來，見火勢已衰，一面用撓鉤將房扯倒，一面飭人取黃河淺處薄冰拋入火裡，以壓火勢，那火也就漸漸的熄了。

縣官見黃人瑞立在東牆下，步上前來，請了一個安，說道：「老憲臺※11受驚不小！」人瑞道：「也還不怎樣，但是我們補翁燒得苦點。」因向縣官道：「子翁，我介紹你會個人。此人姓鐵，號補殘，與你頗有關係，那個案子上要倚賴他才好辦。」縣官道：「噯呀呀！鐵補翁在此地嗎？快請過來相會。」人瑞即招手大呼道：「補翁，請這邊來。」

註

※11憲臺：下級官員對上級長官的尊稱。

老殘本與人瑞坐在一條凳上，因見縣官來，踱過人叢裡，借看火為迴避。今聞招呼，遂走過來，與縣官作了個揖，彼此道些景慕的話頭。縣官有馬扎子※12，老殘與人瑞仍坐長凳子上。原來這齊河縣姓王，號子謹，也是江南人，與老殘同鄉。雖是個進士出身，倒不糊塗。

當下人瑞對王子謹道：「我想閣下齊東村一案，只有請補翁寫封信給宮保，須派白子壽來，方得昭雪。那個絕物※13也不敢過於倔強。我輩都是同官，不好得罪他的；補翁是方外人※14，無須忌諱。尊意以為何如？」子謹聽了，歡喜非常，說：「賈魏氏活該有救星了！好極，好極！」老殘聽得沒頭沒腦，答應又不是，不答應又不是，只好含糊唯諾。

當時火已全熄，縣官要扯二人到衙門去住。人瑞道：「上房既未燒著，我仍可以搬入去住，只是鐵公未免無家可歸了。」老殘道：「不妨，不妨！此時夜已深，不久便自天明；天明後，我自會上街置辦行李，毫不礙事。」縣官又苦苦的勸

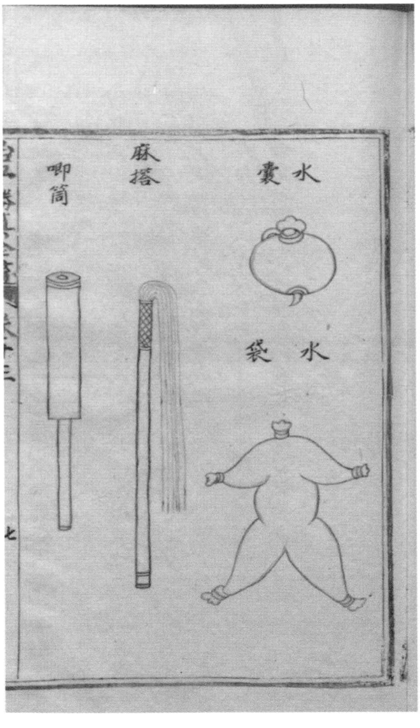

清代《治平勝算全書》中的古代滅火器具。

老殘到衙門裡去。老殘說：「我打攪黃兒是不妨的，請放心罷。」縣官又殷勤問：「燒些甚麼東西？未免大破財了。但是敝縣購辦得出的，自當稍盡綿薄。」老殘笑道：「布衾※15一方，竹笥※16一隻，布衫褲兩件，破書數本，鐵串鈴一枚，如此而已。」縣官笑道：「不確罷。」也就笑著。

正要告辭，只見地保同著差人，一條鐵索，鎖了一個人來，跪在地下，像雞子簽米似的，連連磕頭，嘴裡只叫：「大老爺天恩！大老爺天恩！」那地保跪一條腿在地下，喊道：「火就是這個老頭兒屋裡起的，請大老爺示，還是帶回衙門去審？還是在這裡審？」縣官便問道：「你姓甚麼？叫甚麼？那裡人？怎麼樣起的火？」

只見那地下的人又連連磕頭，說道：「小的姓張，叫張二，是本城裡人，在這隔壁店裡做長工。因為昨兒從天明起來，忙到晚上二更多天，才稍為空閒一點，回

註

※12馬扎子：折疊式的椅子或板凳之類，可供人坐的器具。
※13絕物：此指令人厭惡的人。
※14方外人：原指僧道等出家人。此處指老殘並非是官場中人。
※15衾：讀作「親」，被子。
※16竹笥：用竹子編成，用來放衣物或食物的方形箱子。笥，讀作「四」。

到屋裡睡覺。誰知小衫褲汗濕透了，剛睡下來，冷得異樣，越冷越打戰戰，就睡不著了。小的看這屋裡放著好些粟稭※17，就抽了幾根，燒著烤一烤。又想起窗戶臺上有上房客人吃賸下的酒，賞小的吃的，就拿在火上煨熱了，喝了幾鍾。誰知道一天乏透的人，得了點暖氣，又有兩杯酒下了肚，糊裡糊塗，坐在那裡，就睡著了。剛睡著，一霎兒的工夫，就覺得鼻子裡煙嗆的難受，慌忙睜開眼來，身上棉襖已經燒著了一大塊，那粟稭打的壁子已通著了，趕忙出來找水來潑，那火已自出了屋頂，小的也沒有法子了。所招是實，求大老爺天恩！」

縣官罵了一聲「渾蛋」，說：「帶到衙門裡辦去罷！」說罷，立起身來，向黃、鐵二公告辭；又再三叮囑人瑞，務必設法玉成那一案，然後匆匆的去了。

那時火已熄盡，只冒白氣。人瑞看著黃升帶領眾人，又將物件搬入，依舊陳列起來。人瑞道：「屋子裡煙火氣太重，燒盆萬壽香來熏熏。」人瑞笑向老殘道：「鐵公，我看你還忙著回屋去不回呢！」老殘道：「都是被你一留再留的。倘若我在

描繪清代1822年的廣州大火畫作。

屋裡，不至於被他燒得這麼乾淨。」人瑞道，「咦！不言臊！要是讓你回去，只怕連你還燒死在裡頭呢！你不好好的謝我，反來埋怨我，真是不識好歹。」老殘道：「難道我是死人嗎？你不賠我，看我同你干休嗎？」

說著，只見門簾揭起，黃升領了一個戴大帽子的進來，對著老殘打了一個千兒，說：「敝上說給鐵大老爺請安。送了一副鋪蓋來，是敝上自己用的，腌臢※18點，請大老爺不要嫌棄，明天叫裁縫趕緊做新的送過來，今夜先將就點兒罷。又狐皮袍子馬褂一套，請大老爺隨便用罷。」老殘立起來道：「累你們貴上費心。行李暫且留在這裡，借用一兩天，等我自己買了，就繳還。衣裳我都已經穿在身上，並沒有燒掉，不勞貴上費心了。回去多多道謝。」那家人還不肯把衣服帶去。仍是黃人瑞說：「衣服，鐵老爺決不肯收的。你就說我說的，你帶回去罷。」家人又打了個千兒去了。

老殘道：「我的燒去也還罷了，總是你瞎倒亂，平白的把翠環的一捲行李也

註

※17稭：同今秸字，是秸的異體字。禾粒打脫以後的禾莖。秸，讀作「街」。

※18腌臢：不乾淨。

燒在裡頭，你說冤不冤呢？」黃人瑞道：「那才更不要緊呢！我說他那鋪蓋總共值不到十兩銀子，明日賞他十五兩銀子，他媽要喜歡的受不得呢。」翠環道：「可不是呢，大約就是我這個倒霉的人，一捲鋪蓋害了鐵爺許多好東西都毀掉了。」老殘道：「物件到沒有值錢的，只可惜我兩部宋版書，是有錢沒處買的，未免可惜。然也是天數，只索聽他罷了。」

人瑞道：「我看宋版書倒也不稀奇，只是可惜你那搖的串鈴子也毀掉，豈不是失了你的衣食飯碗了嗎？」老殘道：「可不是呢。這可應該你賠了罷，還有甚麼說的？」人瑞道：「罷，罷，罷！燒了他的鋪蓋，燒了你的串鈴。大吉大利，恭喜，恭喜！」對著翠環作了個揖，又對老殘作了個揖，說道：「從今以後，他也不用做賣皮的婊子，你也不要做說嘴的郎中了！」

老殘大叫道：「好，好，罵的好苦！翠環，你還不去擰他的嘴！」翠環道：「阿彌陀佛！總是兩位的慈悲！」翠花點點頭道：「環妹由此從

帶著串鈴的江湖郎中。（圖片來源：Wellcome Images）

良，鐵老由此做官，這把火倒也實在是把大吉大利的火，我也得替二位道喜。」老殘道：「依你說來，他卻從良，我卻從賤了？」黃人瑞道：「閒話少講，我且問你：是說話是睡？如睡，就收拾行李；如說話，我就把那奇案再告訴你。」隨即大叫了一聲：「來啊！」

老殘道：「你說，我很願意聽。」人瑞道：「不是方才說到賈家遣丁抱告，說查出被人謀害的情形嗎？原來這賈老兒桌上有吃殘了的半個月餅，一大半人房裡都有吃月餅的痕跡。這月餅卻是前兩天魏家送得來的。所以賈家新承繼來的個兒子——名叫賈幹——同了賈探春告說是他嫂子賈魏氏與人通姦，用毒藥謀害一家十三口性命。

「齊河縣王子謹就把這賈幹傳來，問他姦夫是誰，卻又指不出來。食殘的月餅，只有半個，已經擘碎了，餡子裡卻是有點砒霜。

王子謹把這賈魏氏傳來問這情形。賈魏氏供：『月餅是十二日送來的。我還在賈家。況當時即有人吃過，並未曾死。』又把那魏老兒傳來。魏老兒供稱：『月餅是大街上四美齋做的，有毒無毒，可以質證了。』及至把四美齋傳來，又供月餅雖是他家做的，而餡子卻是魏家送得來的。就是這一節，卻不得不把魏家父女暫且收管。雖然收管，卻未上刑具，不過監裡的一間空屋，聽他自己去布置罷了。子謹心裡覺得仵作相驗，實非中毒；自己又親身細驗，實無中毒情形。即使月餅中有毒，未必人人都是同時吃的，也沒有個毒輕毒重的分別嗎？

「苦主家催求訊斷※19得緊，就詳了撫臺，請派員會審。前數日，齊巧派了剛聖慕來。此人姓剛，名弼，是呂諫堂※20的門生，專學他老師，清廉得格登登※21的。一跑得來，就把那魏老兒上了一夾棍※22，賈魏氏上了一拶子※23。兩個人都暈絕過去，卻無口供。那知冤家路兒窄，魏老兒家裡的管事的卻是愚忠老實人，看見主翁吃這冤枉官司，遂替他籌了些款，到城裡來打點，一投投到一個鄉紳胡舉人家……」

說到此處，只見黃升揭開簾子走進來，說：「老

就把那魏老兒上了一夾棍，賈魏氏上了一拶子。（圖片來源：民國石印本《老殘遊記》，陸子常繪）

爺叫呀。」人瑞道：「收拾鋪蓋。」黃升道：「鋪蓋怎樣放法？」人瑞想了一想，說：「外間冷，都睡到裡邊去罷。」就對老殘道：「裡間炕很大，我同你一邊睡一個，叫他們姐兒倆打開鋪蓋捲睡當中，好不好？」老殘道：「甚好，甚好。只是你孤棲了。」人瑞道：「守著兩個，還孤棲個甚麼呢？」老殘道：「管你孤棲不孤棲，趕緊說，投到這胡舉人家怎麼樣呢？」

要知後事如何，且聽下回分解。◎1

註

※19 訊斷：審理。

※20 呂諫堂：可能指的是呂賢基，字鶴田，安徽旌德人。道光十五年進士，選庶吉士（翰林院中的短期職位），授編修（掌修國史、會要、實錄的官吏）。後擔任御史、給事中（掌侍從規諫的官職，也稱爲「給諫」、「給事」），故人稱爲「諫堂」，爲人正直敢言，經常議論時政得失，是個忠正剛直」的好官。

※21 格登登：形容人剛正不阿。

※22 夾棍：一種古代的殘酷刑具。以兩根木棍及繩索夾緊犯人腿部逼供。

※23 拶子：一種古代用來夾手指的刑具。拶，讀作「攢」。

評批

◎1：疏密相間，大小雜出，此定法也。歷來文章家每序一大事，必夾序數小事，點綴其間，以歇目力，而紓文氣。此卷序賈、魏事一大案，熱鬧極矣，中間應插序一段冷淡事，方合成法。乃忽然火起，熱上加熱，鬧中添鬧，文筆眞有不可思議功德。（劉鶚評）

第十六回　六千金買得凌遲罪　一封書驅走喪門星

話說老殘急忙要問他投到胡舉人家便怎樣了。人瑞道：「你越著急，我越不著急！我還要抽兩口煙呢！」老殘急於要聽他說，就叫：「翠環，你趕緊燒兩口，讓他吃了好說。」翠環拿著籤子便燒。黃升從裡面把行李放好，出來回道：「他們的鋪蓋，叫他夥計來放。」人瑞點點頭。一刻，見先來的那個夥計，跟著黃升進去了。原來馬頭※1上規矩，凡妓女的鋪蓋，必須他夥計自行來放，家人斷不肯替他放的；又兼之鋪蓋之外還有甚麼應用的物事，他夥計知道放在甚麼所在，妓女探手便得，若是別人放的，就無處尋覓了。

卻說夥計放完鋪蓋出來，說道：「翠環的燒了，怎麼樣呢？」人瑞道：「那你就不用管罷。」老殘道：「我知道。你明天來，我賠你二十兩銀子，重做就是了。」

清朝鄉試中試者稱為舉人，圖為清朝舉人李鴻裔，胡洤繪《吳中七老圖》局部。

夥計說：「不是為銀子，老爺請放心，為的是今兒夜裡。」人瑞道：「叫你不要管，你還不明白嗎？」翠花也道：「叫你不要管，你就回去罷。」那夥計才低著頭出去。

人瑞對黃升道：「天很不早了，你把火盆裡多添點炭，坐一壺開水在旁邊，把我墨盒子筆取出來，取幾張紅格子白八行書同信封子出來，取兩枝洋蠟，都放在桌上，你就睡去罷。」黃升答應了一聲「是」，就去照辦。

這裡人瑞煙也吃完。老殘問道：「投到胡舉人家怎樣呢？」人瑞道：「這個鄉下糊塗老兒，見了胡舉人，扒下地就磕頭，說：『如能救得我主人的，萬代封侯！』胡舉人道：『封侯不濟事，要有錢才能辦事呀。這大老爺，我在省城裡也與他同過席，是認得的。你先拿一千銀子來，我替你辦。我的酬勞在外。』那老兒便從懷裡摸出個皮靴頁兒※2來，取出五百一張的票子※3兩張，交與胡舉人。卻又道：『但能官司了結無事，就再花多少，我也能辦。』胡舉人點點頭，吃過午飯，

註

※1馬頭：即碼頭。

※2皮靴頁兒：專門放置文件票據，可塞入靴子裡的小皮夾。

※3票子：清時商辦票莊所發，憑以兌取銀錢的票據。

✦剛弼（右）與黃人瑞（左）。（圖片來源：《繪圖老殘遊記》，1934年出版）

就穿了衣冠來拜老剛。」

老殘拍著炕沿道：「不好了！」人瑞道：「這渾蛋的胡舉人來了呢，老剛就請見，見了略說了幾句套話。胡舉人就把這一千銀票子雙手捧上，說道：『這是賈魏氏那一案，魏家孝敬老公祖[※4]的。求老公祖格外成全。』」

老殘道：「一定翻了呀！」人瑞道：「翻了倒還好，卻是沒有翻。」老殘道：「怎麼樣呢？」人瑞道：「老剛卻笑嘻嘻的雙手接了，看了一看，說道：『是誰家的票子，可靠得住嗎？』胡舉人道：『這是同裕的票子，是敝縣第一個大錢莊，萬靠得住。』老剛道：『這麼大個案情，一千銀子那能行呢？』胡舉人道：『魏家人說，只要早早了結沒事，就再花多些，他也願意。』老剛道：『十三條人命，一千銀子一條，也還值一萬三呢。——也罷，既是老兄來，兄弟情願減半算，六千五百兩銀子罷。』胡舉人連聲答應道：

『可以行得，可以行得。』

「老剛又道：『老兄不過是個介紹人，不可專主，請回去切實問他一問，也不必開票子來，只須老兄寫明云：減半六五之數，前途願出。兄弟憑此，明日就斷結了。』胡舉人歡喜的了不得，出去就與那鄉下老兒商議。鄉下老兒聽說官司可以了結無事，就擅專一回，諒多年賓東※5，不致遭怪，況且不要現銀子，就高高興興的寫了個五千五百兩的憑據，交與胡舉人，又寫了個五百兩的憑據，為胡舉人的謝儀。

「這渾蛋胡舉人寫了一封信，並這五千五百兩憑據，一併送到縣衙門裡來。老剛收下，還給個收條。等到第二天升堂，本是同王子謹會審的。這些情節，子謹卻一絲也不知道。坐上堂去，喊了一聲『帶人』。那衙役們早將魏家父女帶到，卻都是死了一半的樣子。兩人跪到堂上，剛弼便從懷裡摸出那個一千兩銀票，並那五千五百兩憑據，和那胡舉人的書子，先遞給子謹看了一遍。子謹不便措辭，心中

註

※4老公祖：對高官的尊稱。

※5賓東：古代主人的坐位在東，客人的坐位在西，因此稱賓主關係為「賓東」。

卻暗暗的替魏家父女叫苦。

「剛弼等子謹看過，便問魏老兒道：『你認得字嗎？』魏老兒供：『本是讀書人，認得字。』又問賈魏氏：『認得字嗎？』供：『從小上過幾年學，認字不多。』

「老剛便將這銀票、筆據叫差人送與他父女們看。他父女回說：『不懂這是什麼原故。』剛弼道：『別的不懂，想必也是真不懂；這個憑據是誰的筆跡，下面註著名號，你也不認得嗎？』叫差人：『你再給那個老頭兒看！』魏老兒看過，供道：『這憑據是小的家裡管事的寫的，但不知他為甚麼事寫的。』

「剛弼哈哈大笑說：『你不知道，等我來告訴你，你就知道了！昨兒有個胡舉人來拜我，先送一千兩銀子，說你們這一案，叫我設法兒開脫；又說如果開脫，銀子再要多些也肯。我想你們兩個窮凶極惡的人，前日頗能熬刑，不如趁勢討他個口氣罷。我就對胡舉人說：「你告訴他管事的去，說害了人家十三條性命，就是一千兩銀子一條，也該一萬三千兩。」胡舉人說：「恐怕一

清光緒年間慶泰隆錢莊發行的錢票，上寫「憑帖取旭錢伍串」。

時拿不出許多。」我說：「只要他心裡明白，銀子便遲些日子不要緊的。如果一千銀子一條命不肯出，就是折半五百兩銀子一條命，也該六千五百兩，不能再少。」胡舉人連連答應。我還怕胡舉人孟浪※6，再三叮囑他，叫他把這折半的道理告訴你們管事的，如果心服情願，叫他寫個憑據來，銀子早遲不要緊的。第二天，果然寫了這個憑據來。

「我告訴你，我與你無冤無仇，我為甚麼要陷害你們呢？你要摸心想一想，我是個朝廷的官，又是撫臺特別委我來幫著王大老爺來審這案子，我若得了你們的銀子，開脫了你們，不但辜負撫臺的委任，那十三條冤魂肯依我嗎？

「我再詳細告訴你，倘若人命不是你謀害的，你家為什麼肯拿幾千兩銀子出來打點呢？這是第一據。

「在我這裡花的是六千五百兩，在別處花的且不知多少，我就不便深究了。倘人不是你害的，我告訴他照五百兩一條命計算，也應該六千五百兩，你那管事

註

※6孟浪：言行輕率、冒失。

的就應該說：「人命實不是我家害的，如蒙委員代為昭雪，七千八千俱可，六千五百兩的數目卻不敢答應。」為甚麼他毫無疑義，就照五百兩一條命算帳呢？是第二據。——我勸你們，早遲總得招認，免得饒上許多刑具的苦楚。』

「那父女兩個連連叩頭說：『青天大老爺！實在是冤枉！』剛弼把桌子一拍，大怒道：『我這樣開導你們，還是不招，再替我夾拶起來！』底下差役炸雷似的答應了一聲『嗄』，夾棍拶子望堂上一摔，驚魂動魄價響。

「正要動刑，剛弼又道：『慢著，行刑的差役上來，我對你講。』幾個差役走上幾步，跪一條腿，喊道：『請大老爺示。』剛弼道：『你們伎倆我全知道。你看那案子是不要緊的呢，你們得了錢，用拶就輕些，讓犯人不甚吃苦；你們看那案情重大，是翻不過來的

✦清代刑罰中的拶指，出自1881年出版的喬治．亨利．梅森（George Henry Mason）的《中國刑罰》。

了，你們得了錢，就猛一緊，把那犯人當堂治死，成全他個整尸首。本官又有個嚴刑斃命的處分。我是全曉得的。今日替我先拶賈魏氏，只不許拶得他發昏，但看神色不好就鬆刑，等他回過氣來再拶，預備十天工夫，無論你甚麼好漢，也不怕你不招！』

「可憐一個賈魏氏，不到兩天，就真熬不過了，哭得一絲半氣的，又忍不得老父受刑，就說道：『不必用刑，我招就是了；人是我謀害的，父親委實不知情！』剛弼道：『你為什麼害他全家？』魏氏道：『我為妯娌不和，有心謀害。』剛弼道：『妯娌不和，你害他一個人很夠了，為甚麼毒他一家子呢？』魏氏道：『我本想害他一人，因沒有法子，只好把毒藥放在月餅餡子裡。因為他最好吃月餅，讓他先毒死了，旁人必不至再受害了。』剛弼問：『月餅餡子裡，你放的甚麼毒藥呢？』供：『是砒霜。』『那裡來的砒霜呢？』供：『叫人藥店裡買的。』『哪家藥店裡買的呢？』『自己不曾上街，叫人買的，所以不曉得那家藥店。』問：『叫誰買的呢？』供：『就是婆家被毒死了的長工王二。』問：『既是王二替你買的，何以他又肯吃這月餅受毒死了呢？』供：『我叫他買砒的時候，只說為毒老鼠，所以他不知道。』問：『你說你父親不知情，你豈有個不同他商議的呢？』供：『這

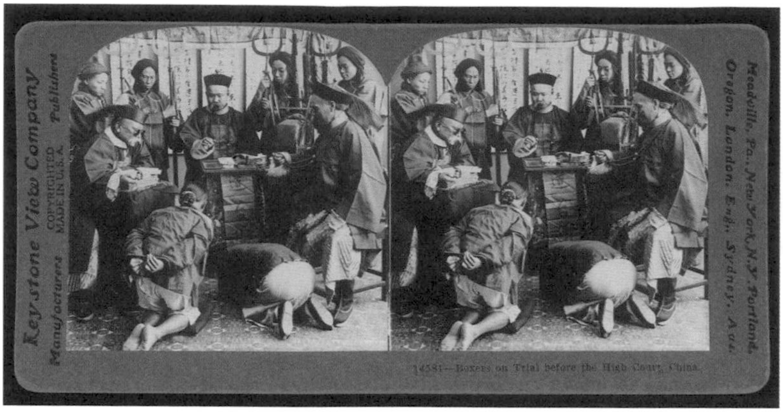

✦清代的衙門審案照片。（圖片來源：Library of Congress）

砒是在婆家買的，買得好多天了。正想趁個機會放在小孀吃食碗裡，值幾日都無隙可乘。恰好那日回娘家，看他們做月餅餡子，問他們何用，他們說送我家節禮，趁無人的時候，就把砒霜攙在餡子裡了。』

「剛弼點點頭道：『是了，是了。』又問道：『我看你人很直爽，所招的一絲不錯。只是我聽人說，你公公平常待你極為刻薄，是有的罷？』魏氏道：『公公待我如待親身女兒一般恩惠，沒有再厚的了。』剛弼道：『你公公橫豎已死，你何必替他迴護呢？』

「魏氏聽了，擡起頭來，柳眉倒豎，杏眼圓睜，大叫道：『剛大老爺！你不過要成就我個凌遲※7的罪名！現在我已遂了你的願了。既殺了公公，總是個凌遲！你又何必要坐成個故殺呢，——你家也有兒女呀！勸你退後些罷！』剛弼一笑道：『論做官的道理呢，原該追究個水盡山窮；然既已如此，先讓他把這個供畫了再說。』」

黃人瑞道：「這是前兩天的事，現在他還要算計那個老頭子呢。昨日我在縣衙門裡吃飯，王子謹氣得要死，逼得不敢開口，一開口，彷彿得了魏家若干銀子似的。李太尊在此地，也覺得這案情不妥當，然也沒有法想，商議除非能把白太尊白子壽弄來才行。這瘟剛是以清廉自命的，白太尊的清廉，恐怕比他還靠得住些。白子壽的人品學問，為眾所推服，他還不敢藐視。捨此更無能制伏他的人了。只是一兩天內就要上詳※8，宮保的性子又急，若奏出去就不好設法了。只是沒法通到宮保面前去，凡我們同寅※9，都要避點嫌疑。昨日我看見老哥，我從心眼裡歡喜出來，請你想個甚麼法子。」

老殘道：「我也沒有長策。不過這種事情，其勢已迫，不能計出萬全的；只有

註

※7凌遲：一種古代的酷刑。歷代行刑之法不一，但求使被殺之人受盡痛苦，慢慢死去。有的先將犯人肢體斬斷，後割咽喉；有的以刀剮頭、臉，斷手足，剖胸腹，再砍頭。

※8上詳：下級官員用文書向上級長官報告。

※9同寅：同具敬長之心，指同僚、共事的官吏。

就此情形，我詳細寫封信稟宮保，請宮保派白太尊來覆審。至於這一砲響不響，那就不能管了。天下事冤枉的多著呢，但是碰在我輩眼目中，盡心力替他做一下子就罷了。」人瑞道：「佩服，佩服，事不宜遲，筆墨紙張都預備好了，請你老人家就此動筆。——翠環，你去點蠟燭、泡茶。」

老殘凝了一凝神，就到人瑞屋裡坐下。翠環把洋燭也點著了，老殘揭開墨盒，拔出筆來，鋪好了紙，拈筆便寫。那知墨盒子已凍得像塊石頭，筆也凍得像個棗核子，半筆也寫不下去。翠環把墨盒子捧到火盆上烘，老殘將筆拿在手裡，向著火盆一頭烘，一頭想。半霎功夫，墨盒裡冒白氣，下半邊已烊※10了。老殘蘸墨就寫，寫兩行，烘一烘。不過半個多時辰，信已寫好，加了個封皮，打算問人瑞，信已寫妥，交給誰送去？對翠環道：「你請黃老爺進來。」

翠環把房門簾一揭，格格的笑個不止，低低喊道：「鐵老，你來瞧！」老殘望外一看，原來黃人瑞在南首，雙手抱著煙槍，頭歪在枕頭上，口裡拖三四寸長一條口涎，腿上卻蓋了一條狼皮褥子；再看那邊，翠花睡在虎皮毯上，兩隻腳都縮在衣服裡頭，兩隻手超在袖子裡，頭卻

◆清代的墨盒。

不在枕頭上，半個臉縮在衣服大襟裡，半個臉靠著袖子，兩個人都睡得實沉沉的了。

老殘看了說：「這可要不得，快點喊他們起來！」老殘就去拍人瑞，說：「醒醒罷，這樣要受病的！」人瑞驚覺，懵裡懵懂的，睜開眼說道：「呵，呵！信寫好了嗎？」老殘說：「寫好了。」人瑞掙扎著坐起，只見口邊那條涎水，由袖子上滾到煙盤裡，跌成幾段，原來久已化作一條冰了！老殘拍人瑞的時候，翠環卻到翠花身邊，先向他衣服摸著兩隻腳，用力往外一扯。翠花驚醒，連喊：「誰，誰，誰？」連忙揉揉眼睛，叫道：「可凍死我了！」

兩人起來，都奔向火盆就暖，那知火盆無人添炭，只賸一層白灰，幾星餘火，卻還有熱氣。翠環道：「屋裡火盆旺著呢，快向屋裡烘去罷。」四人遂同到裡邊屋來。翠花看鋪蓋，三分俱已攤得齊楚，就去看他縣裡送來的，卻是一床藍湖縐被，一床紅湖縐被，兩條大呢褥子，一個枕頭。指給老殘道：「你瞧這鋪蓋好不好？」老殘道：「太好了些。」便向人瑞道：「信寫完了，請你看看。」

註

※10烊：鎔化金屬。同「煬」。

清代衙門大門與犯人，約攝於1900年。

人瑞一面烘火，一面取過信來，從頭至尾讀了一遍，說：「很切實的。我想總該靈罷。」老殘道：「怎樣送去呢？」人瑞腰裡摸出表※11來一看；說：「四下鐘，再等一刻，天亮了，我叫縣裡差個人去。」老殘道：「縣裡人都起身得遲，不如天明後，同店家商議，雇個人去更妥。——只是這河難得過去。」人瑞道：「河裡昨晚就有人跑凌※12，單身人過河很便當的。」大家烘著火，隨便閒話。

兩三點鐘工夫，極容易過，不知不覺，東方已自明了。人瑞喊起黃升，叫他向店家商議，雇個人到省城送信，說：「不過四十里地，如晌午以前送到，下午取得收條來，我賞銀十兩。」停了一刻，只見店夥同了一個人來說：「這是我兄弟，如大老爺送信，他可以去。他送過幾回信，頗在行，到衙門裡也敢進去，請大老爺放心。」當時人瑞就把上撫臺的稟交給他，自收拾投遞去了。

這裡人瑞道：「我們這可該睡了。」黃、鐵睡在兩邊，二翠睡在當中，不多一刻都已齁齁的睡著。一覺醒來，已是午牌時候。翠花家夥計早已在前面等候，接了他姊妹兩個回去，將鋪蓋捲了，一併掮著就走。人瑞道：「傍晚就送他們姐兒倆來，我們這兒不派人去叫了。」夥計答應著「是」，便同兩人前去。翠環回過頭來眼淚汪汪的道：「儜別忘了呵！」人瑞、老殘俱笑著點點頭。

二人洗臉。歇了片刻就吃午飯。飯畢，已兩下多鐘，人瑞自進縣署去了，說：「倘有回信，喊我一聲。」老殘說：「知道，你請罷。」

人瑞去後，不到一個時辰，只見店家領那送信的人，一頭大汗，走進店來。懷裡取出一個馬封[※13]，紫花大印，拆開，裡面回信兩封：一封是張宮保親筆，字比核桃還大；一封是內文案上袁希明的信，言：「白太尊現署泰安，即派人去代理，大

註

※11表：計時器或計量器。
※12跑凌：泛指在冰上滑行。
※13馬封：古時驛站致送公文所用的封套。

店家領那送信的人，一頭大汗，走進店來。懷裡取出一個馬封。（圖片來源：民國石印本《老殘遊記》，陸子常繪）

約五、七天可到。」並云：「宮保深盼閣下少候兩日，等白太尊到，商酌一切。」云云。

老殘看了，對送信人說：「你歇著罷，晚上來領賞。喊黃二爺來。」店家說：「同黃大老爺進衙門去了。」老殘想：「這信交誰送去呢？不如親身去走一遭罷。」就告店家，鎖了門，竟自投縣衙門來。進了大門，見出出進進人役甚多，知有堂事。進了儀門，果見大堂上陰氣森森，許多差役兩旁立著。凝了一凝神，想道：「我何妨上去看看，什麼案情？」立在差役身後，卻看不見。

只聽堂上嚷道：「賈魏氏，你要明白！你自己的死罪已定，自是無可挽回，你卻極力開脫你那父親，說他並不知情，這是你的一片孝心，本縣也沒有個不成全你的。但是你不招出你的姦夫來，你父親的命就保全不住了。你想，你那姦夫出的主意，把你害得這樣苦法，他到躲得遠遠的，連飯都不替你送一碗，這人的情義也就很薄的了，你卻抵死不肯招出他來，反令生身老父，替他擔著死罪。聖人云：『人盡夫也，父一而已。』※14原配丈夫，為了父親尚且顧不得他，何況一個相好的男人呢！我勸你招了的好。」只聽底下只是嚶嚶啜泣。又聽堂上喝道：「你還不招嗎？不招我又要動刑了！」

又聽底下一絲半氣的說了幾句，聽不出甚麼話來。只聽堂上嚷道：「他說甚麼？」聽一個書吏上去回道：「賈魏氏說，是他自己的事，大老爺怎樣吩咐，他怎樣招；叫他捏造一個姦夫出來，實實無從捏造。」

又聽堂上把驚堂一拍，罵道：「這個淫婦，真正刁狡！拶起來！」堂下無限的人大叫了一聲「嗄」，只聽跑上幾個人去，把拶子往地下一摔，霍綽的一聲，驚心

註

※14人盡夫也，父一而已：出自《左傳．桓公十五年》。這句話的意思是說：「只要是個男人都可以當妳的丈夫，但是父親卻只有一個而已。」後世演變為「人盡可夫」這句成語，謂女子淫蕩不守貞節，與原意大相逕庭。

◆老殘在衙門外廳，（許承菱繪）

動魄。

老殘聽到這裡，怒氣上沖，也不管公堂重地，把站堂的差人用手分開，大叫一聲：「站開！讓我過去！」差人一閃。老殘走到中間，只見一個差人一手提著賈魏氏頭髮，將頭提起，兩個差人正抓他手在上拶子。老殘走上，將差人一扯，說道：「住手！」便大搖大擺走上暖閣※15，見公案上坐著兩人，下首是王子謹，上首心知就是這剛弼了，先向剛弼打了一躬。

子謹見是老殘，慌忙立起。剛弼卻不認得，並不起身，喝道：「你是何人？敢來攪亂公堂！拉他下去！」未知老殘被拉下去，後事如何，且聽下回分解。◎1

註

※15暖閣：官署大堂設案之閣。

※16徐桐：徐桐（西元一八一九至一九〇〇年），字豫如，號蔭軒，清朝末年守舊派官員。支持義和團極端排外，庚子拳亂時畏罪自殺。著有《治平寶鑑》。

※17李秉衡：李秉衡（西元一八三〇至一九〇〇年），字鑒堂，遼寧莊河人，晚清官員，曾任安徽巡撫。

評批

◎1：贓官可恨，人人知之；清官尤可恨，人多不知。蓋贓官自知有病，不敢公然爲非；清官則自以爲我不要錢，何所不可，剛愎自用，小則殺人，大則誤國。吾人親目所睹，不知凡幾矣。試觀徐桐※16、李秉衡※17，其顯然者也。二十四史中指不勝屈。作者苦心，願天下清官勿以不要錢便可任性妄爲也。歷來小說皆揭贓官之惡，有揭清官之惡者，自「老殘遊記」始。（劉鶚評）

第十七回　鐵砲一聲公堂解索　瑤琴三疊旅舍銜環

話說老殘看賈魏氏正要上刑，急忙搶上堂去，喊了「住手」。剛弼卻不認得老殘為何許人，又看他青衣小帽，就喝令差人拉他下去。誰知差人見本縣大老爺早經站起，知道此人必有來歷，雖然答應了一聲「嗄」，卻沒一個人敢走上來。

老殘看剛弼怒容滿面，連聲吆喝，卻有意嘔著他頑，便輕輕的說道：「你先莫問我是什麼人，且讓我說兩句話。如果說的不對，堂下有的是刑具，你就打我幾板子，夾我一兩夾棍，也不要緊。我且問

木版畫，描繪清代的衙門審案情形。（圖片來源：Wellcome Collection）

你：一個垂死的老翁，一個深閨的女子，案情我卻不管，你上他這手銬腳鐐是什麼意思？難道怕他越獄走了嗎？這是制強盜的刑具，你就隨便施於良民，天理何存？良心安在？」

王子謹想不到撫臺回信已來，恐怕老殘與剛弼堂上較量起來，更下不去，連忙喊道：「補翁先生，請廳房裡去坐，此地公堂，不便說話。」剛弼氣得目瞪口呆，又見子謹稱他補翁，恐怕有點來歷，也不敢過於搶白※1。老殘知子謹為難，遂走過西邊來，對著子謹也打了一躬。子謹慌忙還揖，口稱：「後面廳房裡坐。」老殘說道：「不忙。」卻從袖子裡取出張宮保的那個覆書來，雙手遞給子謹。

子謹見有紫花大印，不覺喜逐顏開，雙手接過，拆開一看，便高聲讀道：「示悉。白守耆札到便來，請即傳諭王、剛二令，不得濫刑。魏謙父女取保回家，候白守覆訊。弟耀頓首。」一面遞給剛弼去看，一面大聲喊道：「奉撫臺傳諭，叫把魏謙父女刑具全行鬆放，取保回家，候白大人來再審！」底下聽了，答應一聲「嗄」，又大喊道：「當堂鬆刑囉！當堂鬆刑囉！」卻早七手八腳，把他父女手

註

※1 搶白：此指責備。

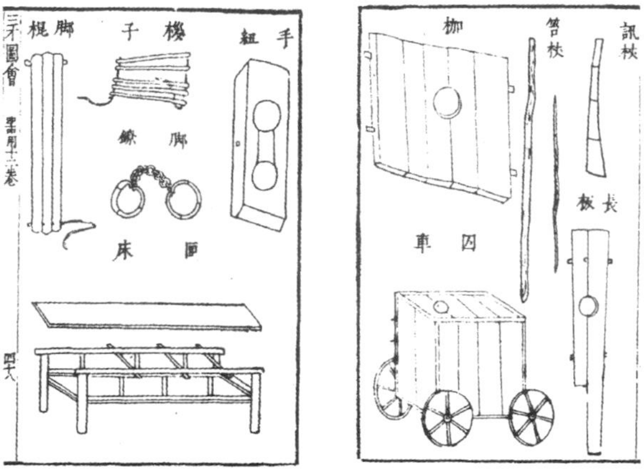

刑具介紹，出自明代《三才圖會》。

銬腳鐐，項上的鐵鏈子，一鬆一個乾淨，教他上來磕頭，替他喊道：「謝撫臺大人恩典！謝剛大老爺、王大老爺恩典！」那剛弼看信之後，正自敢怒而不敢言；又聽到謝剛大老爺、王大老爺恩典，如同刀子戳心一般，早坐不住，退往後堂去了。

子謹仍向老殘拱手道：「請廳房裡去坐。兄弟略為交代此案，就來奉陪。」老殘拱一拱手道：「請先生治公，弟尚有一事，告退。」遂下堂，仍自大搖大擺的走出衙門去了。這裡王子謹吩咐了書吏，叫魏謙父女趕緊取保，今晚便要叫他們出去才好。書吏一一答應，擊鼓退堂。

卻說老殘回來，一路走著，心裡十分高興，想道：「前日聞得玉賢種種酷虐，無法可施；今日又親目見了一個酷吏，卻被一封書便救活了兩條性命，比吃了人參果心裡還快活！」一路走著，不知不覺已出了城門，便是那黃河的堤埝了。上得堤去，看天色欲暮。那黃河已凍得同大路一般，小車子已不斷的來往行走，心裡想來：「行李既已燒去，更無累贅，明日便可單身回省，好去置辦行李。」轉又念道：「袁希明來信，叫我等白公來，以便商酌，明知白公辦理此事，游刃有餘，然倘有未能周知之處，豈不是我去了害的事嗎？只好耐心等待數日再說。」一面想著，已到店門，順便踱了回去。看有許多人正在那裡刨挖火裡的燼餘，堆了好大一堆，都是些零綢碎布，也就不去看他。回到上房，獨自坐地。

過了兩個多鐘頭，只見人瑞從外面進來，口稱：「痛快，痛快！」說：「那瘟剛退堂之後，隨即命家人檢點行李回省。子謹知道宮保耳軟，恐怕他回省，又出岔子[※2]，故極力留他，說：『宮保只有派白太尊覆審的話，並沒有叫閣下回省的示諭，此案未了，斷不能走。你這樣去銷差，豈不是同宮保嘔氣嗎？恐不合你主敬存誠[※3]的道理。』他想想也只好忍耐著了。子謹本想請你進去吃飯，我說：『不好，倒不如送桌好好的菜去，我替你陪客罷。』我討了這個差使來的。你看好不好？」

註

※2汊子：意外的問題。汊，讀作「岔」。

※3主敬存誠：內心恭敬虔誠的意思，是宋儒律身的根本。

老殘道：「好！你吃白食，我擔人情，你倒便宜！我把他辭掉，看你吃甚麼！」人瑞道：「你只要有本事辭，只管辭，我就陪你挨餓。」

說著，門口已有一個戴紅纓帽※4兒的拿了一個全帖，後面跟著一個挑食盒的進來，直走到上房，揭起暖簾進來，對著人瑞望老殘說：「這位就是鐵老爺罷？」人瑞說：「不錯。」那家人便搶前一步，請了一個安，說：「敝上說：小縣分沒有好菜，送了一桌粗飯，請大老爺包涵點。」老殘道：「這店裡飯很便當，不消貴上費心，請挑回去，另送別位罷。」家人道：「主人吩咐，總要大老爺賞臉。家人萬不敢挑回去，要挨罵的。」

人瑞在桌上拿了一張箋紙，拔開筆帽，對著那家人道：「你叫他們挑到前頭竈※5屋裡去。」那家人揭開盒蓋，請老爺們過眼。原來是一桌甚豐的魚翅席。

老殘道：「便飯就當不起，這酒席太客氣，更不敢當了。」人瑞用筆在花箋上已經寫完，遞與那家人，說：「這是鐵老爺的回信，你回去說

一位清代官員的照片，約攝於1874年。（圖片來源：Library of Congress）

謝謝就是了。」又叫黃升賞了家人一吊錢，挑盒子的二百錢。家人打了兩個千兒。

這裡黃升掌上燈來。不消半個時辰，翠花、翠環俱到。他那夥計不等吩咐，已掮了兩個小行李捲兒進來，送到裡房去。人瑞道：「你們鋪蓋真做得快，半天工夫就齊了嗎？」翠花道：「家裡有的是鋪蓋，對付著就夠用了。」

黃升進來問，開飯不開飯。人瑞說：「開罷。」停了一刻，已先將碟子擺好。人瑞道：「今日北風雖然不刮，還是很冷，快溫酒來吃兩杯。今天十分快樂，我們多喝兩杯。」二翠俱拿起絃子來唱兩個曲子侑酒※6。人瑞道：「不必唱了，你們也吃兩杯酒罷。」

翠花看二人非常高興，便問道：「儜能※7這麼高興，想必撫臺那裡送信的人回來了嗎？」人瑞道：「豈但回信來了，魏家爺兒倆這時候怕都回到了家呢！」便將以上事情，一五一十的告訴了二翠。他姊兒倆個，也自喜歡的了不得，自不消

註

※4紅纓帽：清朝的禮帽，上面裝飾有紅色纓帶。
※5竈：同今灶字，是灶的異體字。
※6侑酒：勸人飲酒。侑，讀作「又」。
※7儜能：您們。

說。

卻說翠環聽了這話，不住的迷迷價笑，忽然又將柳眉雙鎖，默默無言。你道什麼緣故？他因聽見老殘一封書去，撫臺便這樣的信從，若替他辦那事，自不費吹灰之力，一定妥當的，所以就迷迷價笑。又想他們的權力雖然夠用，只不知昨晚所說的話，究竟是真是假；倘若隨便說說就罷了的呢，這個機會錯過，便終身無出頭之望，所以雙眉又鎖起來了。

又想到他媽今年年底，一定要轉賣他。那蒯二禿子凶惡異常，早遲是個死，不覺臉上就泛了死灰的氣色。又想到自己好好一個良家女子，怎樣流落得這等下賤形狀，倒不如死了的乾淨，眉宇間又泛出一種英毅的氣色來。又想到自己死了原無不可，只是一個六歲的小兄弟有誰撫養，豈不也是餓死嗎？他若餓死，不但父母無人祭供，並祖上的香煙，從此便絕。這麼想去，是自己又死不得了。想來想去，活又活不成，死又死不得，不知不覺那淚珠子便撲簌簌的滾將下來，趕緊用手絹子去擦。

翠花看見道：「你這妮子！老爺們今天高興，你又發什麼昏？」人瑞看著

清代拿著樂器的兩位女孩，攝於1901年的香港。（圖片來源：Library of Congress。）

他，只是憨笑。老殘對他點了點頭，說：「你不用胡思亂想，我們總要替你想法子的。」人瑞道：「好，好！有鐵老爺一手提拔你，我昨晚說的話，可是不算數的了。」翠環聽了大驚，愈覺得他自己慮的是不錯。正要向人瑞詰問，只見黃升同了一個人進來，朝人瑞打了一千兒，遞過一個紅紙封套去。人瑞接過來，撐開封套口，朝裡一窺，便揣到懷裡去，說聲「知道了」，更不住的嘻嘻價笑。只見黃升說：「請老爺出來說兩句話。」人瑞便走出去。

約有半個時辰，進來，看著三個人俱默默相對，一言不發，人瑞愈覺高興。又見那縣裡的家人進來向老殘打了個千兒，道：「敝上說，叫把昨兒個的一捲舊鋪蓋取回去。」老殘一楞，心裡想道：「這是什麼道理呢？你取了去，我睡什麼呢？」然而究竟是人家的物件，不便強留，便說：「你取了去罷。」心裡卻是納悶。看著那家人進房取將去了，只見人瑞道：「今兒我們本來很高興的，被這翠環一個人不痛快，惹的我也不痛快了。酒也不吃了，連碟子都撤下去罷。」又見黃升來，當真把些碟子都撤了下去。

此時不但二翠摸不著頭腦，連老殘也覺得詫異的很。隨即黃升帶著翠環家夥計，把翠環的鋪蓋捲也搬走了。翠環忙問：「啥事？啥事？怎麼不教我在這裡

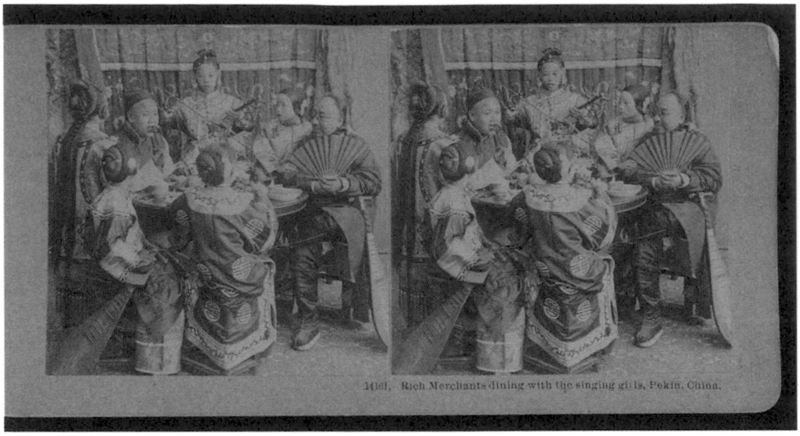

✦清朝富商與年輕歌女一起吃飯的照片，約攝於1900年的北京。（圖片來源：Library of Congress。）

嗎？」夥計說：「我不知道，光聽說叫我取回鋪蓋捲去。」

翠環此時按捺不住，料到一定凶多吉少，不覺含淚跪到人瑞面前，說：「我不好，你是老爺們呢，難道不能包含點嗎？你老一不喜歡，我們就活不成了！」人瑞道：「我喜歡的很呢。我為啥不喜歡？只是你的事，我卻管不著。你慢慢的求鐵老爺去。」

翠環又跪向老殘面前，說：「還是你老救我！」老殘道：「甚麼事，我救你呢？」翠環道：「取回鋪蓋，一定是昨兒話走了風聲，俺媽知道，今兒不讓我在這兒，早晚要逼我回去，明天就遠走高飛了。他敢同官鬭嗎？就只有走是個好法子。」老殘道：「這話也說的是。人瑞哥，你得想個法子，挽留住他才好。一被他媽接回去，這事就不好下手了。」人瑞道：「那是何消說！自然要挽留他。你不挽留他，誰能挽留他呢？」

老殘一面將翠環拉起，一面向人瑞道：「你的話我怎麼不懂？難道昨夜說的話，當真不算數了嗎？」人瑞道：「我已徹底想過，只有不管的一法。你想拔一個姐兒從良，總也得有個辭頭※8。你也不承認，我也不承認，這話怎樣說呢？把他弄出來，又望那裡安置呢？若是在店裡，我們兩個人都不承認，外人一定說是我弄的，斷無疑義。我剛才得了個好點的差使，忌妒的人很多，能不告訴宮保嗎？以後我就不用在山東混了，還想什麼保舉※9呢？所以是斷乎做不得的。」

老殘一想，話也有理，只是因此就見死不救，於心實也難忍，加著翠環不住的啼哭，實在為難，便向人瑞道：「話雖如此，也得想個萬全的法子才好。」人瑞道：「就請你想，如想得出，我一定助力。」

老殘想了想，實無法子，便道：「雖無法子，也得大家想想。」人瑞道：「我

註

※8辭頭：藉口、理由。

※9保舉：古時由大臣奏請提升有特別技能、學識或功績的人才，供朝廷任用，並爲其作保，是舉薦人才的意思。

◆老殘要黃人瑞替翠環想個法子。（圖片來源：民國石印本《老殘遊記》，陸子常繪）

倒有個法子，你又做不到，所以只好罷休。」老殘道：「你說出來，我總可以設法。」人瑞道：「除非你承認了要他，才好措辭。」

老殘道：「我就承認也不要緊。」人瑞道：「空口說白話，能行嗎？事是我辦，我告訴人，說你要，誰信呢？除非你親筆寫封信給我，那我就有法辦了。」老殘道：「信是不好寫的。」人瑞道：「我說你做不到，是不是呢？」

老殘正在躊躇，卻被二翠一齊上來央告，說：「這也不要緊的事，你老就擔承一下子罷。」老殘道：「信怎樣寫？寫給誰呢？」人瑞道：「自然寫給王子謹，你就說，見一妓女某人，本係良家，甚為可憫，弟擬拔出風塵，納為簉室※10，請兄鼎力維持，身價若干，如數照繳云云。我拿了這信就有辦法，將來任憑你送人也罷，擇配也罷，你就有了主權，我也不遭聲氣。不然，那有辦法？」

正說著，只見黃升進來說：「翠環姑娘出來，你家裡人請你呢。」翠環一聽，魂飛天外，一面說就去，一面拚命央告老殘寫信。翠花就到房裡取出紙筆墨硯來，將筆蘸飽，遞到老殘手裡。老殘接過筆來，歎口氣，向翠環道：「寃不寃？為你的事，要我親筆畫供呢！」翠環道：「我替你老磕一千個頭！你老就為一回難，勝造七級浮圖※11！」老殘已在紙上如說寫就，遞與人瑞，說：「我的職分已盡，再不好好的辦，罪就在你了。」人瑞接過信來，遞與黃升，說：「停一會送到縣裡去。」

當老殘寫信的時刻，黃人瑞向翠花耳中說了許多的話。黃升接過信來，向翠環道：「你媽等你說話呢，快去罷。」翠環仍泥著不肯去，眼看著人瑞，有求救的意思。人瑞道：「你去，不要緊的，諸事有我呢。」翠花立起來，拉了翠環的手，說：「環妹，我同你去，你放心罷，你大大的放心罷！」翠環無法，只得說聲「告

註

※10 箵室：側室。箵，讀作「造」。

※11 浮圖：佛塔。也作「佛圖」、「浮屠」。

假」，走出去了。

這裡人瑞卻躺到煙炕上去燒煙，嘴裡七搭八搭的同老殘說話。約計有一點鐘工夫，人瑞煙也吃足了。只見黃升戴著簇新的大帽子進來，說：「請老爺們那邊坐。」人瑞說：「啊！」便站起來拉了老殘，說：「那邊坐罷。」老殘詫異道：「幾時有個那邊出來？」人瑞說：「這個那邊，是今天變出來的。」

原來這店裡的上房，一排本是兩個三間，人瑞住的是西邊三間，還有東邊的個三間，原有別人住著，今早動身過河去了，所以空下來。

黃、鐵二人攜手走到東上房前，上了臺階，早有人打起暖簾。只見正中方桌上挂著桌裙，桌上點了一對大紅蠟燭，地下鋪了一條紅氈。走進堂門，見東邊一間擺了一張方桌，朝南也繫著桌裙，上首平列兩張椅子，兩旁一邊一張椅子，都搭著椅披。桌上卻擺了滿滿一桌的果碟，比方才吃的還要好看些。西邊是隔斷的一間房，挂了一條紅大呢的門簾。

老殘詫異道：「這是什麼原故？」只聽人瑞高聲嚷道：「你們攙新姨奶奶出來，參見他們老爺。」只見門簾揭處，一個老媽子在左，翠花在右，攙著一個美人出來，滿頭戴著都是花，穿著一件紅青外褂，葵綠襖子，繫一條粉紅裙子，卻低著

一位正被梳頭的清代北京少女，由約翰·湯姆森（John Thomson）於1869年拍攝。

頭走到紅毡子前。

老殘仔細一看，原來就是翠環，大叫道：「這是怎麼說？斷乎不可！」人瑞道：「你親筆字據都寫了，還狡獪甚麼？」不由分說，拉老殘往椅子上去坐。老殘那裡肯坐。這裡翠環早已磕下頭去了。老殘沒法，也只好回了半禮。又見老媽子說：「黃大老爺請坐。謝大媒。」翠環卻又磕下頭去。人瑞道：「不敢當，不敢當！」也還了一禮。當將新人送進房內。翠花隨即出來磕頭道喜。老媽子等人也都道完了喜。人瑞拉老殘到房裡去。

原來房內新鋪蓋已陳設停妥，是紅綠湖縐被各一床，紅綠大呢褥子各一條、枕頭兩個。炕前掛了一個紅紫魯山綢的幔子。桌上鋪了紅桌毡，也是一對紅蠟燭。牆上卻挂了一副大紅對聯，上寫著：

願天下有情人，都成了眷屬；
是前生註定事，莫錯過姻緣。

一位穿著嫁衣的新娘與牽著她的女僕，由約翰．湯姆森（John Thomson）於1869年拍攝於中國北京。

老殘卻認得是黃人瑞的筆跡，墨痕還沒有甚乾呢，因笑向人瑞道：「你真會淘氣！這是西湖上月老祠的對聯，被你偷得來的。」人瑞道：「對題便是好文章。你敢說不切當嗎？」

人瑞卻從懷中把剛才縣裡送來的紅封套遞給老殘，說：「你瞧，這是貴如夫人原來的賣身契一紙，這是新寫的身契一紙，總共奉上。你看愚弟辦事周到不周

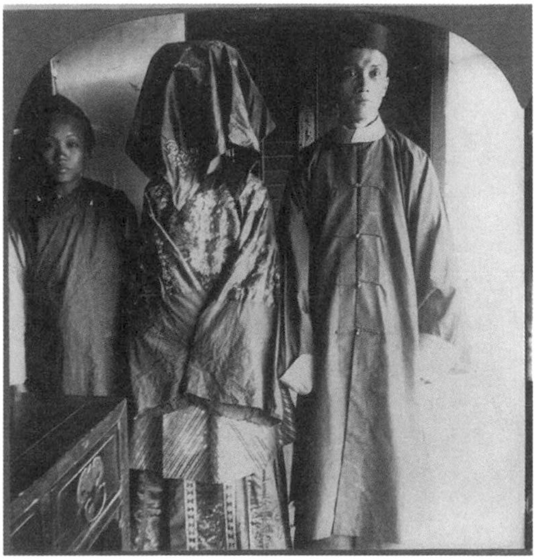
清代的新郎與新娘，約攝於1900年。

到？」老殘說：「既已如此，感激的很。你又何苦把我套在圈子裡做甚麼呢？」人瑞道：「我不對你說『是前生註定事，莫錯過姻緣』嗎？我為翠環計，救人須救徹，非如此，總不十分妥當；為你計，亦不吃虧。天下事就該這麼做法，是不錯的。」說過，呵呵大笑。又說：「不用費話罷，我們肚子餓的了不得，要吃飯了。」人瑞拉著老殘，翠花拉著翠環，要他們兩個上坐。老殘決意不肯，仍是去了桌裙，四方兩對面坐的。這一席酒，不消說，各人有各人快樂處，自然是盡歡而散。以後無非是送房睡覺，無庸贅述。

卻說老殘被人瑞逼成好事，心裡有點不痛快，想要報復；又看翠花昨日自己凍著，卻拿狼皮褥子替人瑞蓋腿，為翠環事，他又出了許多心，冷眼看去，也是個有良心的，須得把他也拔出來才好，且等將來再作道理。

次日，人瑞跑來，笑向翠環道：「昨兒炕畸角睡得安穩罷？」翠環道：「都是黃老爺大德成全，慢慢供奉的長生祿位牌。」人瑞道：「豈敢，豈敢！」說著，便向老殘道：「昨日三百銀子是子謹墊出來的，今日我進署替你還帳去。這衣服衾枕是子謹送的，你也不用客氣了。想來送錢他也是不肯收的。」老殘道：「這從那裡說起！叫人家花這許多錢，也只好你先替我道謝，再圖補報罷。」

說著，人瑞自去縣裡。老殘因翠環的名字太俗，且也不便再叫了，遂替他顛倒一下，換做「環翠」，卻算了一個別號，便雅得多呢。午後命人把他兄弟找得來，看他身上衣服過於襤褸，給了他幾兩銀子，仍叫李五領去買幾件衣服給他穿。

光陰迅速，不知不覺，已經五天過去，那日，人瑞已進縣署裡去，老殘正在客店裡教環翠認字，忽聽店中夥計報道：「縣裡王大老爺來了！」

霎時，子謹轎子已到階前下轎，老殘迎出堂屋門口。子

清代華麗的轎子照片。（圖片來源：Smithsonian Institution）

謹入來，分賓主坐下，說道：「白太尊立刻就到，兄弟是來接差的，順便來此與老哥道喜，並閒談一刻。」老殘說：「前日種種承情，已託人瑞兄代達謝忱。因剛君在署，不便親到拜謝，想能曲諒。」子謹謙遜道：「豈敢。」隨命新人出來拜見了。子謹又送了幾件首飾，作拜見之禮。忽見外面差人飛奔也似的跑來報：「白大人已到，對岸下轎，從冰上走過來了。」子謹慌忙上轎去接。

未知後事如何，且聽下回分解。◎1

註

※12 山重水複疑無路，柳暗花明又一村：出自陸游〈遊山西村〉，這兩句詩意思是：地形複雜以爲前頭沒路可走，誰知柳蔭花叢處又是一座村莊。

※13 金聖嘆：本姓張，名采。後改姓金，名喟，字聖歎。批評《水滸傳》、《三國演義》、《西廂記》等書，爲世所傳誦。

※14《西廂》拷紅一闋：《西廂》：即《西廂記》。元代王實甫作。依據唐代元稹《鶯鶯傳》改編，演張君瑞與崔鶯鶯的戀愛故事。《西廂記》中有「拷紅」一段，即拷問紅娘。在紅娘從中牽引、幫助之下，崔鶯鶯與張生得以幽會，此事被崔鶯鶯的母親知道後，遂拷問紅娘。

評批

◎1：「山重水複疑無路，柳暗花明又一村。」※12此卷慣用此等筆墨，反面逼得愈緊，正面轉得愈活。金聖嘆※13批《西廂》拷紅一闋※14，都說快事。若見此卷書，必又說出許多快事。（劉鶚評）

第十八回　白太守談笑釋奇冤　鐵先生風霜訪大案

話說王子謹慌忙接到河邊，其時白太尊已經由冰上走過來了。子謹遞上手版※1，趕到面前請了個安，道聲「大人辛苦」。白公回了個安，說道：「何必還要接出來？兄弟自然要到貴衙門請安去的。」子謹連稱「不敢」。

河邊搭著茶棚，挂著彩綢，當時讓到茶棚小坐。白公問道：「鐵君走了沒有？」子謹回道：「尚未。因等大人來到，恐有話說。卑職適才在鐵公處來。」白公點點頭道：「甚善。我此刻不便去拜，恐惹剛君疑心。」吃了一口茶，縣裡預備的轎子執事早已齊備，白公便坐了轎子，到縣署去。少不得升旗放砲，奏樂開門等事。進得署去，讓在西花廳住。

清末位於河岸旁的一處茶棚，為蘇格蘭醫學傳教士司督閣所拍攝。

剛弼早穿好了衣帽，等白公進來，就上手本請見。見面之後，白公就將魏賈一案，如何問法，詳細問了一遍。剛弼一一訴說，頗有得意之色，說到「宮保來函，不知聽信何人的亂話，此案情形，據卑職看來，已成鐵案，決無疑義。但此魏老頗有錢文，送卑職一千銀子，卑職未收，所以買出人來到宮保處攪亂黑白。聽說有個甚麼賣藥的郎中，得了他許多銀子，送信給宮保的。這個郎中因得了銀子，當時就買了個妓女，還在城外住著。聽說這個案子如果當真翻過來，還要謝他幾千銀子呢，所以這郎中不走，專等謝儀。似乎此人也該提了來訊一堂，訊出此人贓證，又多添一層憑據了。」

白公說：「老哥所見甚是。但是兄弟今晚須將全案看過一遍，明日先把案內人證提來，再作道理。或者竟照老哥的斷法，也未可知，此刻不敢先有成見。像老哥聰明正直，凡事先有成竹在胸，自然投無不利。兄弟資質甚魯，只好就事論事，細意推求，不敢說無過，但能寡過，已經是萬幸了。」說罷，又說了些省中的風景閒

註

※1手版：明清時門生見座師或下官見上官時所用的名帖。也稱為「手板」、「手版」

話。

吃過晚飯，白公回到自己房中，將全案細細看過兩遍，傳出一張單子去，明日提人。第二天巳牌時分，門口報稱：「人已提得齊備。請大人示下：是今天下午後坐堂※2，還是明天早起？」白公道：「人證已齊，就此刻坐大堂。堂上設三個坐位就是了。」剛、王二君連忙上去請了個安，說：「請大人自便，卑職等不敢陪審，恐有不妥之處，理應迴避。」白公道：「說那裡的話。兄弟魯鈍，精神照應不到，正望兩兄提撕※3。」二人也不敢過謙。

停刻，堂事已齊，稿簽門※4上來請升堂。三人皆衣冠而出，坐了大堂。白公舉了紅筆，第一名先傳原告賈幹。差人將賈幹帶到，當堂跪下。

白公問道：「你叫賈幹？」底下答著：「是。」白公問：「今年十幾歲了？」答稱：「十七歲了。」問：「是死者賈志的親生，還是承繼？」答稱：「本是嫡堂的侄兒，過房承繼的。」問：「是幾時承繼的？」答稱：「因亡父被害身死，次日入殮，無人成服，由族中公議入繼成服的。」

《施案奇聞》中的施公像，施公是清朝著名的斷案能吏。

白公又問：「縣官相驗的時候，你已經過來了沒有？」答：「已經過來了。」問：「入殮的時候，你親視含殮了沒有？」答稱：「親視含殮的。」問：「死人臨入殮時，臉上是什麼顏色？」答稱：「白支支的，同死人一樣。」問：「有青紫斑沒有？」答：「沒有看見。」問：「骨節僵硬不僵硬？」答稱：「並不僵硬。」問：「既不僵硬，曾摸胸口有無熱氣？」答：「有人摸的，說沒有熱氣了。」問：「月餅裡有砒霜，是幾時知道的？」答：「是入殮第二天知道的。」問：「是誰看出來的？」答：「是姐姐看出來的。」問：「你姐姐何以知道裡頭有砒霜？」答：「本不知道裡頭有砒霜，因疑心月餅裡有毛病，所以揭開來細看，見有粉紅點點子，就托出問人。有人說是砒霜，就找藥店人來細瞧，也說是砒霜，所以知道是中了砒毒了。」

白公說：「知道了。下去！」又用硃筆一點，說：「傳四美齋來。」差人帶

註

※2坐堂：官吏判事於堂上。
※3提撕：互相扶持、幫助。
※4稿簽門：古代衙門裡的簽押人員。

上。白公問道：「你叫什麼？你是四美齋的什麼人？」答稱：「小人叫王輔庭，在四美齋掌櫃。」問：「魏家定做月餅，共做了多少斤？」答：「做了二十斤。」問：「餡子是魏家送來的嗎？」答稱：「是。」問：「做二十斤，就將將的※5不

上海河南路上的商店景象。（圖片來源：《亞東印畫輯》第5冊）

多不少嗎？」說：「定的是二十斤，做成了八十三個。」問：「他定做的月餅，是一種餡子？是兩種餡子？」答：「一種，都是冰糖芝麻核桃仁的。」問：「你們店裡賣的是幾種餡子？」答：「好幾種呢。」問：「有冰糖芝麻核桃仁的沒有？」答：「也有。」問：「你們店裡的餡子比他家的餡子那個好點？」答：「是他家的好點。」問：「好處在什麼地方？」答：「小人也不知道。聽做月餅的司務※6說，他家的材料好，味道比我們的又香又甜。」白公說：「然則你店裡司務先嘗過的，不覺得有毒嗎？」回稱：「不覺得。」

白公說：「知道了。下去！」又將硃筆一點，說：「帶魏謙。」魏謙走上來，連連磕頭說：「大人哪！冤枉喲！」白公說：「我不問你冤枉不冤枉！你聽我問你的話！我不問你的話，不許你說！」兩旁衙役便大聲「嗄」的一聲。

看官，你道這是什麼緣故？凡官府坐堂，這些衙役就要大呼小叫的，名叫「喊堂威」※7，把那犯人嚇昏了，就可以胡亂認供了，不知道是那一朝代傳下來的規矩，卻是十八省都是一個傳授。今日魏謙是被告正凶，所以要喊個堂威，嚇唬嚇唬他。

閒話休題，卻說白公問魏謙道：「你定做了多少個月餅？」答稱：「二十斤。」問：「你送了賈家多少斤？」答：「八斤。」問：「還送了別人家沒有？」答：「送了小兒子的丈人家四斤。」問：「其餘的八斤呢？」答：「自己家裡人吃了。」問：「吃過月餅的人有在這裡的沒有？」答：「家裡人人都分的，現在同了

註

※5將將的：剛好、正好。
※6司務：工匠。
※7喊堂威：古代衙門裡官吏升堂或下堂時，差役吶喊，以恐嚇犯人。

來的人，沒有一個不是吃月餅的。」白公向差人說：「查一查，有幾個人跟魏謙來的，都傳上堂來。」

一時跪上一個有年紀的、兩個中年漢子，都跪下。差人回稟道：「這是魏家的一個管事，兩個長工。」白公問道：「你們都吃月餅麼？」同聲答道：「都吃的。」問：「每人吃了幾個，都說出來。」管事的說：「分了四個，吃了兩個，還賸兩個。」長工說：「每人分了兩個，當天都吃完了。」白公問管事的道：「還賸的兩個月餅，是幾時又吃的？」答稱：「還沒有吃就出了這件案子，說是月餅有毒，所以就沒敢再吃，留著做個見證。」白公說：「好，帶來了沒有？」答：

清代工人正在工作的照片，由約翰·湯姆森（John Thomson）所拍攝。

「帶來，在底下呢。」白公說：「很好。」叫差人同他取來。又說：「魏謙同長工全下去罷。」又問書吏：「前日有砒的半個月餅呈案了沒有？」書吏回：「呈案在庫。」白公說：「提出來。」

霎時差人帶著管事的，並那兩個月餅，都呈上堂來，存庫的半個月餅也提到。白公傳四美齋王輔庭，一面將這兩種月餅詳細對校了，送剛、王二公看，說：「這兩起月餅，皮色確是一樣，二公以為何如？」二公皆連忙欠身答應著：「是。」

其時四美齋王輔庭已帶上堂，白公將月餅擘開一個交下，叫他驗看，問：「是魏家叫你定做的不是？」王輔庭仔細看了看，回說：「一點不錯，就是我家定做的。」白公說：「王輔庭叫他具結※8回去罷。」

白公在堂上把那半個破碎月餅，仔細看了，對剛弼道：「聖慕兄，請仔細看看。這月餅餡子是冰糖芝麻核桃仁做的，都是含油性的物件，若是砒霜做在餡子裡的，自然同別物黏合一氣。你看這砒顯係後加入的，與別物絕不黏合。況四美齋供

註

※8具結：對官署提出負責的文件。

明，只有一種餡子。今日將此兩種餡子細看，除加砒外，確係表裡皆同。既是一樣餡子，別人吃了不死，則賈家之死，不由月餅可知。若是有湯水之物，還可將毒藥後加入內；月餅之為物，面皮乾硬，斷無加入之理。二公以為何如？」俱欠身道：「是。」

白公又道：「月餅中既無毒藥，則魏家父女即為無罪之人，可以令其具結了案。」王子謹即應了一聲：「是。」剛弼心中甚為難過，卻也說不出什麼來，只好隨著也答應了一聲「是」。

白公即吩咐帶上魏謙來，說：「本府已審明月餅中實無毒藥，你們父女無罪，可以具結了案，回家去罷。」魏謙磕了幾個頭去了。白公又叫帶賈幹上來。

賈幹本是個無用的人，不過他姊姊支使他出面，今日看魏家父女已結案釋放，

砒霜常見於中國古代小說中，《金瓶梅》中的潘金蓮即是用砒霜毒殺了武大郎，圖為明版畫潘金蓮與西門慶幽會。

心裡就有點七上八下；聽說傳他去，不但以前人教導他說的話都說不上，就是教他的人，也不知此刻從那裡教起了。

賈幹上得堂來，白公道：「賈幹，你既是承繼了你亡父為子，就該細心研究，這十三個人怎樣死的；自己沒有法子，也該請教別人；為甚的把月餅裡加進砒霜去，陷害好人呢？必有壞人挑唆你。從實招來，是誰教你誣告的。你不知道律例上有反坐※9的一條嗎？」賈幹慌忙磕頭，嚇的只格格價抖，帶哭說道：「我不知道！都是我姐姐叫我做的！餅裡的砒霜，也是我姐姐看出來告訴我的，其餘概不知道。」白公說：「依你這麼說起來，非傳你姐姐到堂，這砒霜的案子是究不出來的了？」賈幹只是磕頭。

白公大笑道：「你幸兒遇見的是我，倘若是個精明強幹的委員，這月餅案子才了，砒霜案子又該鬧得天翻地覆了。我卻不喜歡輕易提人家婦女上堂，你回去告訴你姐姐，說本府說的，這砒霜一定是後加進去的。是誰加進去的，我暫時尚不忙著

註

※9反坐：誣告他人應得的罪罰，反讓誣告者自己承受。

據楊乃武供餘杭縣人年三十九歲咸豐三年進
學同治癸酉科本省鄉試中式第一百四名舉
人現奉斥革父母均故葉楊氏是胞姊楊恭治
是共祖兄弟久不同居並無同胞兄弟初娶吳
氏再娶大楊詹氏三[illegible]
生有一子現年三歲[illegible]
澄清巷姚姓房屋同治六年[illegible]
喻敬天也在澄清巷造房與革舉貼鄰居住因
與葛畢氏見面認識他自十一歲時由他母親
喻王氏即畢王氏把他許給葛品連為妻至十
年葛品連患欲迎娶喻敬天爭論財禮人說葛
品連現無房屋須俟造屋再娶葛品連之母沈
喻氏即葛喻氏憑中人議定財禮說明贅入喻
敬天家滿月再行搬移定於次年三月初四日

清代認罪供詞。此為清代著名疑案楊乃武與小白菜的供詞。

追究呢！因為你家這十三條命，是個大大的疑案，必須查個水落石出。因此，加砒一事倒只好暫行緩究了。你的意下何如？」賈幹連連磕頭道：「聽憑大人天斷。」

白公道：「既是如此，叫他具結，聽憑替他查案。」臨下去時，又喝道：「你再胡鬧，我就要追究你們加砒誣控的案子了！」賈幹連說：「不敢，不敢！」下堂去了。

這裡白公對王子謹道：「貴縣差人有精細點的嗎？」子謹答應：「有個許亮還好。」白公說：「傳上來。」只見下面走上一個差人，四十多歲，尚未留鬚，走到公案前跪下，道；「差人許亮叩頭。」白公道：「差你往齊東村明查暗訪，這十三條命案是否服毒，有甚麼別樣案情。限一個月報命，不許你用一點官差的力量。你若借此招搖撞騙，可要置你於死地！」許亮叩頭道：「不敢。」

當時王子謹即標了牌票※10，交給許亮。白公又道：「所有以前一切人證，無庸取保，全行釋放。」隨手翻案，檢出魏謙筆據兩紙，說：「再傳魏謙上來。」

白公道：「魏謙，你管事的送來的銀票，你要不要？」魏謙道：「職員沉冤，蒙大人昭雪，所有銀子聽憑大人發落。」白公道：「這五千五百憑據還你。這一千銀票，本府卻要借用，卻不是我用，暫且存庫，仍為查賈家這案，不得不先用資斧※11。俟案子查明，本府回明了撫臺，仍舊還你。」魏謙連說：「情願，情願。」當將筆據收好，下堂去了。

白公將這一千銀票交給書吏，到該錢莊將銀子取來，憑本府公文支付。回頭笑向剛弼道：「聖慕兄，不免笑兄弟當堂受賄罷？」剛弼連稱：「不敢。」於是擊鼓退堂。

卻說這起大案，齊河縣人人俱知，昨日白太尊到，今日傳人，那賈、魏兩家都預備至少住十天半個月，那知道未及一個時辰，已經結案，沿路口碑嘖嘖稱贊。

註

※10標了牌票：牌票，古代長官差遣差役去執行公務時，給予的文書憑據。標，在牌票上註明前往執行公務的人員、任務、期限等。

※11資斧：費用。

卻說白公退至花廳，跨進門檻，只聽當中放的一架大自鳴鐘，正鐺鐺的敲了十二下，彷彿像迎接他似的。王子謹跟了進來，說：「請大人寬衣用飯罷。」白公道：「不忙。」看著剛弼也跟隨進來，便道：「二位且請坐一坐，兄弟還有話說。」二人坐下。白公向剛弼道：「這案兄弟斷得有理沒理？」剛弼道：「大人明斷，自是不會錯的。只是卑職總不明白；這魏家既無短處，為什麼肯花錢呢？卑職一生就沒有送過人一個錢。」

白公呵呵大笑道：「老哥沒有送過人的錢，何以上臺也會契重你？可見天下人不全是見錢眼開的喲。清廉人原是最令人佩服的，只有一個脾氣不好，他總覺得天下人都是小人，只他一個人是君子。這個念頭最害事的，把天下大事不知害了多少！老兄也犯這個毛病，莫怪兄弟直言。至於魏家花錢，是他鄉下人沒見識處，不足為怪也。」又向子謹道：「此刻正案已完，可以差個人拿我們兩個名片，請鐵公

18世紀的大自鳴鐘。（圖片來源：The Metropolitan Museum of Art ）

進來坐坐罷。」又笑向剛弼道：「此人聖慕兄不知道嗎？就是你才說的那個賣藥郎中。姓鐵，名英，號補殘，是個肝膽男子，學問極其淵博，性情又極其平易，從不肯輕慢人的。老哥連他都當做小人，所以我說未免過分了。」

剛弼道：「莫非就是省中傳的老殘、老殘，就是他嗎？」白公道：「可不是呢！」剛弼道：「聽人傳說，宮保要他搬進衙門去住，替他捐官，保舉他。他不要，半夜裡逃走了的，就是他嗎？」白公道：「豈敢。閣下還要提他來訊一堂呢。」剛弼紅脹了臉道：「那真是卑職的鹵莽了。此人久聞其名，只是沒有見過。」子謹又起身道：「大人請更衣罷。」白公道：「大家換了衣服，好開懷暢飲。」

王、剛二公退回本屋，換了衣服，仍到花廳。恰好老殘也到，先替子謹作了一個揖，然後替白公、剛弼各人作了一揖，讓到炕上上首坐下，白公作陪。老殘道：「如此大案，半個時辰了結，子壽先生，何其神速！」白公道：「豈敢。前半截的容易差使我已做過了，後半截的難題目，可要著落在補殘先生身上了。」老殘道：「這話從那裡說起！我又不是大人老爺，我又不是小的衙役，關我甚事呢？」白公道：「然則宮保的信是誰寫的？」老殘道：「我寫的。應該見死不救嗎？」

◆老殘也到，先替子謹作了一個揖，然後替白公、剛弼各人作了一揖，讓到炕上上首坐下，白公作陪。（圖片來源：民國石印本《老殘遊記》，陸子常繪）

白公道：「是了！未死的應該救，已死的不應該昭雪嗎？你想，這種奇案，豈是尋常差人能辦的事？不得已，才請教你這個福爾摩斯※12呢！」老殘笑道：「我沒有這麼大的能耐。你要我去也不難，請王大老爺先補了我的快班頭兒，再標一張牌票，我就去。」

說著，飯已擺好。王子謹道：「請用飯罷。」白公道：「黃人瑞不也在這裡麼？為甚不請過來？」子謹道：「已請去了。」話言未了，人瑞已到，作了一遍揖。子謹提了酒壺，正在為難。白公道：「自然補公首坐。」老殘道：「我斷不能占。」讓了一回，仍是老殘坐了首座，白公二座。吃了一回酒，行了一回令，白公又把雖然差了許亮去，是個面子，務請老殘辛苦一趟的話，再三敦囑。子謹、人瑞又從旁慫恿，老殘只好答應。

白公又說：「現有魏家的一千銀子，你先取去應用。如其不足，子謹兄可代為籌畫，不必惜費，總要破案為第一要義。」老殘道：「銀子可以不必，我省城裡四百銀子已經取來，正要還子謹兄呢，不如先墊著用。如果案子查得出呢，再向老張討還；如查不出，我自遠走高飛，不在此地獻醜了。」白公道：「那也使得。只是要用便來取，切不可顧小節誤大事為要。」老殘答應：「是了。」霎時飯罷，白公立即過河，回省銷差。次日，黃人瑞、剛弼也俱回省去了。

未知後事如何，且聽下回分解。

註

※12福爾摩斯：英國作家柯南道爾（Arthur Conan Doyle，西元一八五九至一九三〇年）所著系列偵探小說中主角的名字。第一部作品發表於一八八七年。福爾摩斯作品在晚清時代就被引入中國，報紙於一八九六年就刊登了中文譯本。福爾摩斯擅長以推理方法巧破奇案，廣受世界各國的讀者喜愛。後用爲辦案、偵探高手的代稱。

第十九回　齊東村重搖鐵串鈴　濟南府巧設金錢套

卻說老殘當日受了白公之託，下午回寓，盤算如何辦法。店家來報：「縣裡有個差人許亮求見。」老殘說：「叫他進來。」

許亮進來，打了個千兒，上前回道：「請大老爺的示：還是許亮在這裡伺候老爺的吩咐，還是先差許亮到那裡去？縣裡一千銀子已撥出來了，也得請示：還是送到此地來，還是存在莊上聽用？」老殘道：「銀子還用不著，存在莊上罷。但是這個案子真不好辦，服毒一定是不錯的，只不是尋常毒藥；骨節不硬，顏色不變，這兩節最關緊要。我恐怕是西洋甚麼藥，怕是『印度草』※1等類的東西。我明日先到省城裡去，有個中西大藥房，我去調查一次。你卻先到齊東村去，暗地裡一查，有

印度草（印度大麻）照片。

同洋人來往的人沒有。能查出這個毒藥來歷，就有意思了。只是我到何處同你會面呢？」許亮道：「小的有個兄弟叫許明，現在帶來，就叫他伺候老爺。有什麼事，他人頭兒也很熟，吩咐了，就好辦的了。」老殘點頭說：「甚好。」

許亮朝外招手，走進一個三十多歲的人來，搶前打了一個千兒。許亮說：「這是小的兄弟許明。」就對許明道：「你不用走了，就在這裡伺候鐵大老爺罷。」許亮又說：「求見姨太太。」老殘揭簾一看，環翠正靠著窗坐著，即叫二人見了，各人請了一安，環翠回了兩拂[※2]。許亮即帶了許明，回家搬行李去了。

待到上燈[※3]時候，人瑞也回來了，說：「我前兩天本要走的，因這案子不放心，又被子謹死命的扣住。今日大案已了，我明日一早進省銷差去了。」老殘道：「我也要進省去呢！一則要往中西大藥房等處去調查毒藥；二則也要把這個累贅安

註

※1印度草：此指印度大麻，俗稱秈稻大麻。具有麻醉作用，使用後大多數人會感到疲倦、眼睛發紅、食慾增強等，類似鴉片。

※2拂：即「福」，古代婦女所行的「萬福」禮。這是一種婦女所行的拜手禮，口稱萬福，故將萬福作爲拜手禮的代稱。

※3上燈：點燃燈火。指入夜時分。

插一個地方，我脫開身子，好辦事。」人瑞道：「我公館裡房子甚寬綽，你不如暫且同我住。如嫌不好，再慢慢的找房，如何呢？」老殘道：「那就好得很了。」

伺候環翠的老媽子不肯跟進省，許明說：「小的女人可以送姨太太進省，等到雇著老媽子再回來。」一一安排妥帖。環翠少不得將他兄弟叫來，付了幾兩銀子，姊弟對哭了一番。車子等類自有許明照料。

次日一早，大家一齊動身。走到黃河邊上，老殘同人瑞均不敢坐車，下車來預備步行過河。那知河邊上早有一輛車子等著，看見他們來了，車中跳下一個女人，拉住環翠，放聲大哭。

你道是誰？原來人瑞因今日起早動身，故不曾叫得翠花，所有開銷叫黃升送去。翠花又怕客店裡有官府來送行，晚上亦不敢來，一夜沒睡，黎明即雇了挂車子※4在黃河邊伺候，也是十里長亭送別的意思。

清末民初時的馬車，由英國博物學家索威比（Arthur de Carle Sowerby）拍攝。（圖片來源：Smithsonian Institution）

哭了一會，老殘同人瑞均安慰了他幾句，踏冰過河去了。過河到省，不過四十里地。一點鐘後，已到了黃人瑞東箭道的公館面前，下車進去。黃人瑞少不得盡他主人家的義務，不必贅述。

老殘飯後一面差許明去替他購辦行李，一面自己卻到中西大藥房裡，找著一個掌櫃的，細細的考較了一番。原來這藥房裡只是上海販來的各種瓶子裡的熟藥，卻沒有生藥。再問他些化學名目，他連懂也不懂，知道斷不是此地去的了。心中納悶，順路去看看姚雲松。恰好姚公在家，留著吃了晚飯。

姚公說：「齊河縣的事，昨晚白子壽到，已見了宮保，將以上情形都說明白，並說託你去辦，宮保喜歡的了不得，卻不曉得你進省來。明天你見宮保不見？」老殘道：「我不去見，我還有事呢。」就問曹州的信：「你怎樣對宮保說的？」姚公道：「我把原信呈宮保看的。宮保看了，難受了好幾天，說今以後，再不明保他了。」老殘道：「何不撤他回省來？」雲松笑道：「你究竟是方外人。豈有個才明保了的就撤省的道理呢？天下督撫誰不護短！這宮保已經是難得的了。」老殘點點

註

※4挂車：同掛車，懸掛在後的車子。

頭。又談了許久，老殘始回。

次日，又到天主堂去拜訪了那個神父，名叫克扯斯。原來這個神父，既通西醫，又通化學。老殘得意已極，就把這個案子前後情形告訴了克扯斯，並問他是吃的什麼藥。克扯斯想了半天想不出來，又查了一會書，還是沒有同這個情形相對的，說：「再替你訪問別人罷！我的學問盡於此矣。」

老殘聽了，又大失所望。在省中已無可為，即收拾行裝，帶著許明，赴齊河縣去。因想到齊東村怎樣訪查呢？趕忙仍舊製了一個串鈴，買了一個舊藥箱，配好了許多藥材，卻叫許明不須同往，都到村相遇，作為不識的樣子，許明去了；卻在齊河縣雇了一個小車，講明包月，每天三錢銀子；又怕車夫漏洩機關，連這個車夫都瞞卻，便道：「我要行醫，這縣城裡已經沒甚麼生意了，左近有什麼大村鎮麼？」車夫說：

圖中為宣武門天主堂，是北京最早設立的天主教教堂，約1874年拍攝。

「這東北上四十五里有大村鎮，叫齊東村，熱鬧著呢，每月三八大集，幾十里的人都去趕集。你老去那裡找點生意罷。」老殘說：「很好。」第二天，便把行李放在小車上，自己半走半坐的，早到了齊東村。原來這村中一條東西大街，甚為熱鬧；往南往北，皆有小街。

老殘走了一個來回，見大街兩頭都有客店；東邊有一家店，叫三合興，看去尚覺乾淨，就去賃了一間西廂房住下。房內是一個大炕，叫車夫睡一頭，他自己睡一頭。次日睡到巳初，方才起來，吃了早飯，搖個串鈴上街去了，大街小巷亂走一氣。未刻時候，走到大街北一條小街上，有個很大的門樓子※5，心裡想著：「這總是個大家。」就立住了腳，拿著串鈴儘搖。只見裡面出來一個黑鬍子老頭兒，問道：「你這先生會治傷科麼？」老殘說：「懂得點子。」那老頭兒進去了，出來說：「請裡面坐。」進了大門，就是二門，再進就是大廳。行到耳房裡，見一老者坐在炕沿上，見了老殘，立起來，說：「先生，請坐。」

老殘認得就是魏謙，卻故意問道：「你老貴姓？」魏謙道：「姓魏。先生，

註

※5門樓子：大門上似樓牌的頂。

你貴姓？」老殘道：「姓金。」魏謙道：「我有個小女，四肢骨節疼痛，有甚麼藥可以治得？」老殘道：「不看症，怎樣發藥呢？」魏謙道：「說的是。」便叫人到後面知會。

少停，裡面說：

✦老殘立住了腳，拿著串鈴儘搖。（圖片來源：民國石印本《老殘遊記》，陸子常繪）

「請。」魏謙就同了老殘到廳房後面東廂房裡。這廂房是三間，兩明一暗。行到裡間，只見一個三十餘歲婦人，形容憔悴，倚著個炕几子※6，盤腿坐在炕上，要勉強下炕，又有力不能支的樣子。老殘連喊道：「不要動，好把脈。」魏老兒卻讓老殘上首坐了，自己卻坐在凳子上陪著。

老殘把兩手脈診過，說：「姑奶奶的病是停了瘀血※7，請看看兩手。」魏氏將手伸在炕几上，老殘一看，節節青紫，不免肚裡歎了一口氣，說：「老先生，學生有句放肆的話不敢說。」魏老道：「但說不妨。」老殘道：「你別打嘴，這樣像是受了官刑※8的病，若不早治，要成殘廢的。」魏老嘆口氣道：「可不是呢。請先生照症施治，如果好了，自當重謝。」老殘開了一個藥方子去了，說：「倘若見效，我住三合興店裡，可以來叫我。」

從此每天來往，三四天後，人也熟了，魏老留在前廳吃酒。老殘便問：「府上這種大戶人家，怎會受官刑的呢？」魏老道：「金先生，你們外路人不知道。我這女兒許配賈家大兒子，誰知去年我這女壻死了。他有個姑子賈大妞子，同西村吳二浪子眉來眼去，早有了意思。當年說親，是我這不懂事的女兒打破了的，誰知賈大妞子就恨我女兒入了骨髓。今年春天，賈大妞子在他姑媽家裡，就同吳二浪子勾搭上了，不曉得用什麼藥，把賈家全家藥死，卻反到縣裡告了我的女兒謀害的。又遇見了千刀剮、萬刀剁的個姓剛的，一口咬定了，說是我家送的月餅裡有砒霜，可憐我這女兒，不曉得死過幾回了。

註

※6炕几：炕上的小桌子。

※7瘀血：血液凝滯不通或凝聚不流通的血。

※8官刑：官署所用的刑罰。

「聽說凌遲案子已經定了，好天爺有眼，撫臺派了個親戚來私訪，就住在南關店裡，訪出我家冤枉，報了撫臺。撫臺立刻下了公文，叫當堂鬆了我們父女的刑具。沒到十天，撫臺又派了個白大人來。真是青天大人！一個時辰就把我家的冤枉全洗刷淨了！聽說又派了什麼人來這裡訪查這案子呢。吳二浪子那個王八羔子，我們在牢裡的時候，他同賈大妮子天天在一塊兒。聽說這案翻了，他就逃走了。」

老殘道：「你們受這麼大的屈，為什麼不告他呢？」

魏老兒說：「官司是好打的嗎？我告了他，他問憑據呢？『拿姦拿雙』，拿不住雙，反咬一口，就受不得了。天爺有眼，總有一天報應的！」

老殘問：「這毒藥究竟是什麼？你老聽人說了沒有？」魏老道：「誰知道呢！因為我們家有個老媽子，他的男人叫王二，是個挑水的。那一天，賈家死人的日

描繪清代凌遲刑罰畫作。（圖片來源：Wellcome Collection）

子，王二正在賈家挑水，看見吳二浪子到他家裡去說閒話，賈家正煮麵吃，王二看見吳二浪子用個小瓶往面鍋裡一倒就跑了。王二心裡有點疑惑，後來賈家廚房裡讓他吃麵，他就沒敢吃。不到兩個時辰，就吵嚷起來了。王二到底沒敢告訴一個人，只他老婆知道，告訴了我女兒。及至我把王二叫來，王二又一口咬定，說：『不知道。』再問他老婆，他老婆也不敢說了。聽說老婆回去被王二結結實實的打了一頓。你老想，這事還敢告到官嗎？」老殘隨著嘆息了一番。當時出了魏家，找著了許亮，告知魏家所聞，叫他先把王二招呼了來。

次日，許亮同王二來了。老殘給了他二十兩銀子安家費，告訴他跟著做見證：「一切吃用都是我們供給，事完，還給你一百銀子。」王二初還極力抵賴，看見桌上放著二十兩銀子，有點相信是真，便說道：「事完，儻不給我一百銀子，我敢怎樣？」老殘說：「不妨。就把一百銀子交給你，存個妥當鋪子裡，寫個筆據給我，說：『吳某倒藥水確係我親見的，情願作個干證。事畢，某字號存酬勞銀一百兩，即歸我支用。兩相情願，決無虛假。』好不好呢？」

王二尚有點猶疑。許亮便取出一百銀子交給他，說：「我不怕你跑掉，你先拿去，何如？倘不願意，就扯倒罷休。」王二沉吟了一晌，到底捨不得銀子，就答應了。老殘取筆照樣寫好，令王二先取銀子，然後將筆據念給他聽，令他畫個十字，打個手模。你想，鄉下挑水的幾時見過兩隻大元寶呢，自然歡歡喜喜的打了手印。

許亮又告訴老殘：「探聽切實，吳二浪子現在省城。」老殘說：「然則我們進省罷。你先找個眼線，好物色他去。」許亮答應著「是」說：「老爺，我們省裡見罷。」

次日，老殘先到齊河縣，把大概情形告知子謹，隨即進省。賞了車夫幾兩銀子，打發回去。當晚告知姚雲翁，請他轉稟宮保，並飭※9歷城縣派兩個差人來，以備協同許亮。

次日晚間，許亮來稟：「已經查得。吳二浪子現同按察司街南胡同裡，張家土娼，叫小銀子的打得火熱，白日裡同些不三不四的人賭錢，夜間就住在小銀子家。」老殘問道：「這小銀子家還是一個人，還是有幾個人？共有幾間房子？你查

一個將銅錢串背在脖子上四川男子，約攝於1917年。

明了沒有？」許亮回道：「這家共姊妹兩個，住了三間房子。西廂兩間是他爹媽住的。東廂兩間：一間做廚房，一間就是大門。」老殘聽了，點點頭，說：「此人切不可造次動手。案情太大，他斷不肯輕易承認。只王二一個證據，鎮不住他。」於是向許亮耳邊說了一番詳細辦法，無非是如此如此，這般這般。

許亮去後，姚雲松來函云：「宮保酷願一見，請明日午刻到文案為要。」老殘寫了回書，次日上院，先到文案姚公書房；姚公著家人通知宮保的家人，過了一刻，請入簽押房※10內相會。張宮保已迎至門口，迎入屋內，老殘長揖坐定。

老殘說：「前次有負宮保雅意，實因有點私事，不得不去。想宮保必能原諒。」宮保說：「前日捧讀大札，不料玉守殘酷如此，實是兄弟之罪，將來總當設法。但目下不敢出爾反爾，似非對君父之道。」老殘說：「救民即所以報君，似乎也無所謂不可。」宮保默然。又談了半點鐘功夫，端茶告退。

卻說許亮奉了老殘的擘畫※11，就到這土娼家，認識了小金子，同嫖共賭，幾

註

※9飭：告誡、命令。同「敕」。

※10簽押房：古代官員的辦公室。

※11擘畫：安排、策劃。

清末的賭場，黎芳攝於1880年。

日工夫，同吳二攪得水乳交融。初起，許亮輸了四、五百銀子給吳二浪子，都是現銀。吳二浪子直拿許亮當做個老土，誰知後來漸漸的被他撈回去了，倒贏了吳二浪子七、八百銀子，付了一、二百兩現銀，其餘全是欠帳。

一日，吳二浪子推牌九※12，輸給別人三百多銀子，又輸給許亮二百多兩，帶來的錢早已盡了，當場要錢。吳二浪子說：「再賭一場，一統算帳。」大家不答應，說：「你眼前輸的還拿不出，若再輸了，更拿不出。」吳二浪子發急道：「我家裡有的是錢，從來沒有賴過人的帳。銀子成總了，我差人回家取去！」眾人只是搖頭。

許亮出來說道：「吳二哥，我想這麼辦法：你幾時能還？我借給你。但是我這銀子，三日內有個要緊用處，你可別誤了我的事。」吳二浪子急於要賭，連忙說：「萬不會誤的！」許亮就點了五百兩票子給他，扣去自己贏的二百多，還餘二百多兩。

吳二看仍不夠還帳，就央告許亮道：「大哥，大哥！你再借我五百，我翻過本來立刻還你。」許亮問：「若翻不過來呢？」吳二說：「明天也一准還你。」許亮說：「口說無憑，除非你立個明天期的期票。」吳二說：「行，行，行！」當時找了筆，寫了筆據，交給許亮。又點了五百兩銀子，還了三百多的前帳，還剩四百多銀子，有錢膽就壯，說：「我上去推一莊！」見面連贏了兩條，甚為得意。那知風頭好，人家都縮了注子；心裡一恨，那牌就倒下楣來了，越推越輸，越輸越氣，不消半個更頭，四百多銀子又輸得精光。

註

※12推牌九：一種賭博遊戲。玩法主要是以骨牌點數來決定勝負。

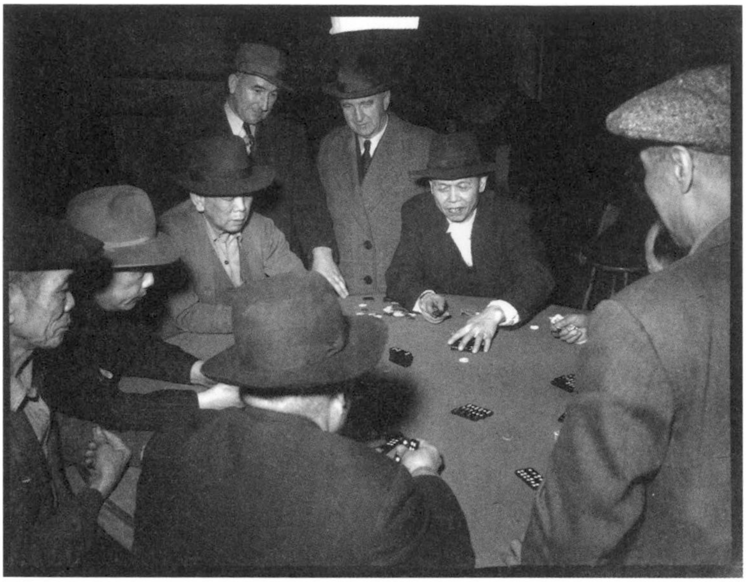

正在玩牌九賭博的一群華人。攝於1950年的加拿大。（圖片來源：溫哥華公共圖書館）

座中有個姓陶的，人都喊他陶三胖子。陶三說：「我上去推一莊。」這時吳二已沒了本錢，乾看著別人打。

陶三上去，第一條拿了個一點，賠了個通莊；第二條拿了個八點，天門是地之八，上下莊是九點，又賠了一個通莊。看看比吳二的莊還要倒楣。吳二實在急得直跳，又央告許亮：「好哥哥！好親哥哥！好親爺！你再借給我二百銀子罷！」許亮又借給他二百銀子。

吳二就打了一百銀子的天上角※13，一百銀子的通※14。許亮說：「兄弟，少打點罷。」吳二說：「不要緊的！」翻過牌來，莊家卻是一個斃十。吳二得了二百銀子，非常歡喜，原注不動。第四條，莊家賠了天門、下莊，吃了上莊，吳二的二百銀子不輸不贏。換第二方，頭一條，莊家拿了個天杠，通吃，吳二還賸二百銀子。

那知從此莊家大焮※15起來，不但吳二早已輸盡，就連許亮也輸光了。許亮大怒，拿出吳二的筆據來往桌上一擱，說：「天門孤丁※16！你敢推嗎？」陶三說：「推倒敢推，就是不要這種取不出錢來的廢紙。」許亮說：「難道吳二爺騙你，我許大爺也會騙你嗎？」兩人幾至用武。

眾人勸說：「陶三爺，你贏的不少了，難道這點交情不顧嗎？我們大家作保：如你贏了去，他二位不還，我們眾人還！」陶三仍然不肯，說：「除非許大寫上保

註

※13天上角：一種賭博遊戲。莊家對面的一門，稱爲天門；莊家左邊的一門，稱爲上莊。這兩門搭角，若比莊家大，則算贏；若比莊家小，則算輸；一門大一門小，則爲和。

※14通：一筆賭注三門全押，若三門全勝，則爲贏；三門全負，則爲輸，一門勝兩門負，則算合局。

※15焮：炙、燒。此指賭運旺盛。讀作「信」。

※16天門孤丁：把賭注只押在天門一門。

中[17]。」

許亮氣極，拿筆就寫一個保，並注明實係正用情借，並非閒帳。陶三方肯推出一條來，說：「許大，聽你挑一副去，我總是贏你！」許亮說：「你別吹了！你擲你的倒楣骰子罷！」一擲是個七出。許亮揭過牌來是個天之九，把牌望桌上一放，說：「陶三小子！你瞧瞧你父親的牌！」陶三看了看，也不出聲，拿兩張牌看了一張，那一張卻慢慢的抽，嘴裡喊道：「地！地！地！地！」一抽出來，望桌上一放，說：「許家的孫子！瞧瞧你爺爺的牌！」原來是副人地相宜的地杠[18]。把筆擄抓去，嘴裡還說道：「許大！你明天沒銀子，我們歷城縣衙門裡見！」

當時大家錢盡，天時又有一點多鐘，只好散了。許、吳二人回到小銀子家敲門進去，說：「趕緊拿飯來吃！餓壞了！」小金子房裡有客坐著，就同到小銀子房裡去坐。小金子捱到許亮臉上，說：「大爺，今兒贏了多少錢，給我幾兩花罷。」許亮說：「輸了一千多了！」小銀子說：「二爺贏了沒有？」吳

正在玩骨牌的清代女子。（圖片來源：Wellcome Collection）

二說：「更不用提了！」

說著，端上飯來，是一碗魚，一碗羊肉，兩碗素菜，四個碟子，一個火鍋，兩壺酒。許亮說：「今天怎麼這麼冷？」小金子說：「今天颳了一天西北風，天陰得沉沉的，恐怕要下雪呢。」

兩人悶酒一替一杯價灌，不知不覺都有了幾分醉。只聽門口有人叫門，又聽小金子的媽張大腳出去開了門，跟著進來說：「三爺，對不住，沒屋子囉，儜請明兒來罷。」又聽那人嚷道：「放你媽的狗屁！三爺管你有屋子沒屋子！甚麼王八旦的客？有膽子的快來跟三爺碰碰。沒膽子的替我四個爪子一齊望外扒！」聽著就是陶三胖子的聲音。許亮一聽，氣從上出，就要跳出去，這裡小金子、小銀子姊妹兩個拚命的抱住，未知後事如何，且聽下回分解？

註

※17保中：在買賣或借貸雙方之間，擔負保證責任的人。也稱為「中保」。

※18地杠：賭牌九的一種玩法，地牌配任何一種八點牌，地牌可搭配人牌或雜八牌。所以上文說是「人地相宜」。

第二十回　浪子金銀伐性斧　道人冰雪返魂香

卻說小金子、小銀子，拚命把許亮抱住。吳二一本坐近房門，就揭開門簾一個縫兒，偷望外瞧。只見陶三已走到堂屋中間，醉醺醺的一臉酒氣，把上首小金子的門簾往上一摔，有五、六尺高，大踏步進去了。小金子屋裡先來的那客用袖子蒙著臉，嗤溜的一聲，跑出去了。張大腳跟了進去。陶三問：「兩個王八羔子呢？」張大腳說：「三爺請坐，就來，就來。」張大腳連忙跑過來說：「儜二位別則聲※1。這陶三爺是歷城縣裡的都頭，在本縣紅的了不得，本官※2面前說一不二的，沒人惹得起他。儜二位可別怪，叫他們姊兒倆趕快過去罷。」許亮說：「咱老子可不怕他！他敢怎麼樣咱？」

說著，小金子、小銀子早過去了。吳二聽了，心

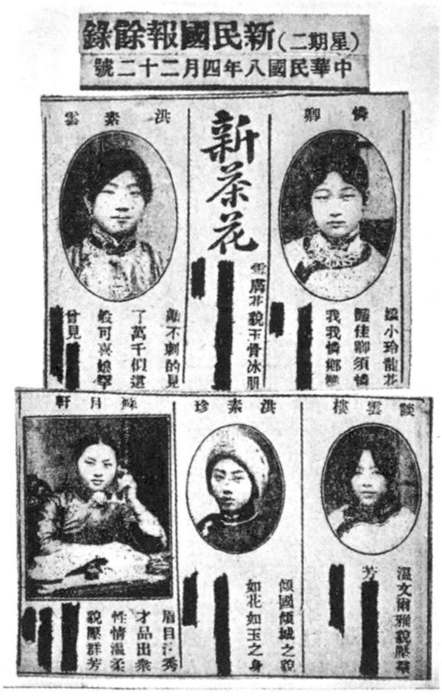

民國8年的報紙娼妓廣告。

中握一把汗，自己借據在他手裡，如何是好！只聽那邊屋裡陶三不住的哈哈大笑，說：「小金子呀，爺賞你一百銀子！小銀子呀，爺也賞你一百銀子！」聽他二人說：「謝三爺的賞。」又聽陶三說：「不用謝，這都是今兒晚上我幾個孫子孝敬我的，共孝敬了三千多銀子呢。我那吳二孫子還有一張筆據在爺爺手裡，許大孫子做的中保，明天到晚不還，看爺爺要他們命不要！」

這許大卻向吳二道：「這個東西實在可惡！然聽說他武藝很高，手底下能開發五、六十個人呢，我們這口悶氣咽得下去嗎？」吳二說：「氣還是小事，明兒這一千銀子筆據怎樣好呢？」許大說：「我家裡雖有銀子，只是派人去，至少也得三天，『遠水救不著近火』！」

又聽陶三嚷道：「今兒你們姐兒倆都伺候三爺，不許到別人屋裡去！動一動，叫你白刀子進去，紅刀子出來！」小金子道：「不瞞三爺說，我們倆今兒都有客。」只聽陶三爺把桌子一拍，茶碗一摔，珧瑯價一聲響，說：「放狗屁！三爺的

註

※1則聲：開口，出聲。

※2本官：本地的主官。

人，誰敢住？問他有腦袋沒有？誰敢在老虎頭上打蒼蠅，三爺有的是孫子們孝敬的銀子！預備打死一兩個，花幾千銀子，就完事了！放你去，你去問問那兩個孫子敢來不敢來！」

小金子連忙跑過來把銀票給許大看，正是許大輸的銀票，看著更覺難堪。小銀子也過來低低的說道：「大爺，二爺！儜兩位多抱屈，讓我們姊兒倆得二百銀子，我們長這麼大，還沒有見過整百的銀子呢。你們二位都沒有銀子了，讓我們掙兩百銀子，明兒買酒菜請你們二位。」

許大氣急了，說：「滾你的罷！」小金子道：「大爺別氣！儜多抱屈。儜二位就在我炕上歪一宿。明天他走了，大爺到我屋裡趕熱被窩去。妹妹來陪二爺，好不好？」許大連連說道：「滾罷！滾罷！」小金子出了房門，嘴裡還嘟囔道：

清光緒年間的湖北銀票，上寫有「憑票取銀元壹大元」。

「沒有了銀子，還做大爺呢！不害個臊！」

許大氣白了臉，呆呆的坐著，歇了一刻，扯過吳二來說：「兄弟，我有一件事同你商議。我們都是齊河縣人，跑到這省裡，受他們這種氣，真受不住！我不想活了！你想，你那一千銀子還不出來，明兒被他拉到衙門裡去，官兒見不著，私刑就要斷送了你的命了。不如我們出去找兩把刀子進來把他剁掉了，也不過是個死！你看好不好？」

吳二正在沉吟，只聽對房陶三嚷道：「吳二那小子是齊河縣裡犯了案，逃得來的個逃凶！爺爺明兒把他解到齊河縣去，看他活得成活不成！許大那小子是個幫凶，誰不知道的？兩個人一路逃得來的凶犯！」許大站起來就要走。吳二浪子扯住道：「我倒有個法子，只是你得對天發個誓，我才能告訴你。」許大道：「你瞧！你多麼酸※3呀！你倘若有好法子，我們弄死了他，主意是我出的，倘若犯了案，我是個正凶，你還是個幫凶，難道我還跟你過不去嗎？」

註

※3酸：即「寒酸」。形容寒士的窮態或畏縮等不大方的姿態。

吳二想了想，理路倒不錯，加之明天一千銀子一定要出亂子，只有這一個辦法了，便說道：「我的親哥！我有一種藥水，給人吃了，臉上不發青紫，隨你神仙也驗不出毒來！」許亮詫異道：「我不信！真有這麼好的事嗎？」吳二道：「誰還騙你呢！」許亮道：「在那裡買？我快買去！」吳二道：「沒處買！是我今年七月裡在泰山窪子裡打從一個山裡人家得來的。只是我給你，千萬可別連累了我！」許亮道：「這個容易。」隨即拿了張紙來寫道：「許某與陶某嘔氣起意將陶某害死。知道吳某有得來上好藥水，人吃了立刻致命，再三央求吳某分給若干，此案與吳某毫無干涉。」寫完，交給吳二，說：「倘若犯了案，你有這個憑據，就與你無干了。」吳二看了，覺得甚為妥當。許亮說：「事不宜遲，你藥水在那裡呢？我同你取去。」吳二說；「就在我枕頭匣子裡，存在他這裡呢。」就到炕裡邊取出個小皮箱來，開了鎖，拿出個磁瓶子來，口上用蠟封好了的。

許亮問：「你在泰山怎樣得的？」吳二道：「七月裡，我從墊臺這條西路上

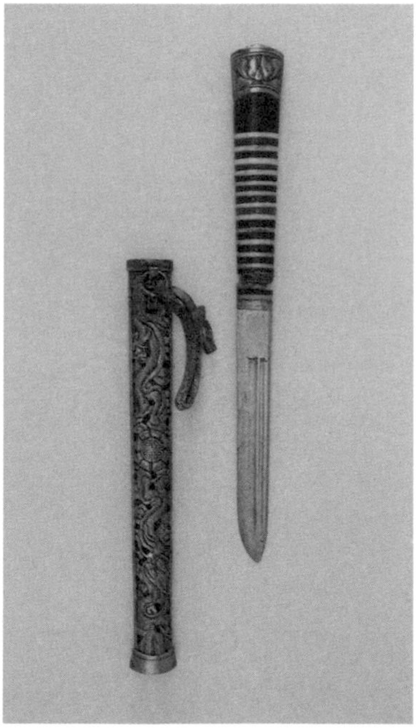

清代的刀與刀鞘。（圖片來源：The Metropolitan Museum of Art）

的山，回來從東路回來，盡是小道。一天晚了，住了一家子小店，看他炕上有個死人，用被窩蓋的好好的。我就問他們：『怎把死人放在炕上？』那老婆子道：『不是死人，這是我當家的。前日在山上看見一種草，香得可愛，他就採了一把回來，泡碗水喝。誰知道一喝，就彷彿是死了，我們自然哭的了不得的了。活該有救，這內山石洞裡住了一個道人，叫青龍子，他那天正從這裡走過；見我們哭，他來看看，說：「你老兒是啥病死的？」我就把草給他看。

他拿去，笑了笑，說：「這不是毒藥，名叫『千日醉』，可以有救的。我去替你尋點解救藥草來罷。你可看好了身體，別叫壞了。我再過四十九天送藥來，一治就好。」算計目下也有二十多天了。』我問他：「那草還有沒有？」他就給了我一把子，我就帶回來，熬成水，弄瓶子裝起頭的。今日正好用著了！」

許亮道：「這水靈不靈？倘若藥不倒他，我們就毀了呀。你試驗過沒有？」吳二說：「百發百中的，我已……」說到這裡，就嗌※4住了。許亮問：「你已怎麼樣？你已試過嗎？」吳二說：「不是試過，我已見那一家被藥的人的樣子是同死的

註

※4嗌：噎，喉嚨塞住。讀作「愛」。

一般，若沒有青龍子解救，他早已埋掉了。」

二人正在說得高興，只見門簾子一揭，進來一個人，一手抓住了許亮，一手捺住了吳二，說：「好！好！你們商議謀財害命嗎？」一看，正是陶三。許亮把藥水瓶子緊緊握住，就掙扎逃走，怎禁陶三氣力如牛，那裡掙扎得動。吳二酒色之徒，更不必說了。只見陶三寫起嘴唇，打了兩個胡哨※5，外面又進來兩三個大漢，將許、吳二人都用繩子縛了，陶三押著解到歷城縣衙門口來。

陶三進去告知了稿簽門上※6，傳出話來，今日夜已深了，暫且交差看管，明日辰刻過堂。押到官飯店※7裡，幸虧許大身邊還有幾兩銀子，拿出來打點了官人，倒也未曾吃苦。

明日早堂在花廳※8問案，是個發審委員。差人將三人帶上堂去，委員先問原告。陶三供稱：「小人昨夜在土娼張家住宿，因多帶了幾百銀子，被這許大、吳二兩人看見，起意謀財，兩人商議要害小人性命。適逢小人在窗外出小恭※9聽見，

清代廣州站在花廳一家人的合照，約攝於1859年。

進去捉住，扭稟到堂，求大老爺究辦。」

委員問許大、吳二：「你二人為什麼要謀財害命？」許大供：「小的許亮，齊河縣人。陶三欺負我二人，受氣不過，所以商同害他性命。吳二說，他有好藥，百發百中，已經試過，很靈驗的。小人們正在商議，被陶三捉住。」吳二供：「監生※10吳省干，齊河縣人。許大被陶三欺負，實與監生無干。許大決意要殺陶三，監生恐鬧出事來，原為緩兵之計，告訴他有種藥水，名『千日醉』，容易醉倒人的，並不害性命。實係許大起意，並有筆據在此。」從懷中取出呈堂。

委員問許大：「昨日你們商議時，怎樣說的？從實告知，本縣可以開脫你們。」許大便將昨晚的話一字不改說了一遍。委員道：「如此說來，你們也不過氣忿話，那也不能就算謀殺呀！」許大磕頭，說：「大老爺明見！開恩！」

註

※5胡哨：撮起嘴脣或以大拇指和食指，捏著嘴脣吹出的尖銳聲音。多用作召集的信號。

※6稿簽門上：衙門裡的簽押人員。

※7官飯店：指官員住的地方。

※8花廳：住宅中大廳以外的客廳。

※9出小恭：小便。

※10監生：明清兩代在國子監讀書或取得進國子監讀書資格的人。

委員又問吳二：「許大所說各節是否切實？」吳二說：「一字也不錯的。」委員說：「這件事，你們很沒有大過。」吩咐書吏照錄全供，又問許大：「那瓶藥水在那裡呢？」許大從懷中取出呈上。委員打開蠟封一聞，香同蘭麝※11，微帶一分酒氣，大笑說道：「這種毒藥，誰都願意吃的！」就交給書吏，說：「這藥水收好了。將此二人並全案分別解交齊河縣去。」

只此「分別」二字，許大便同吳二拆開兩處了。當晚許亮就拿了藥水來見老殘。老殘傾出看看，色如桃花，味香氣濃；用舌尖細試，有點微甜，歎道：「此種毒藥怎不令人久醉呢！」將藥水用玻璃漏斗仍灌入瓶內，交給許亮：「凶器人證俱全，卻不怕他不認了。但是據他所說的情形，似乎這十三個人並不是死，仍有復活的法子。那青龍子，我卻知道，是個隱士。但行蹤無定，不易覓尋。你先帶著王二回去稟知貴上，這案雖經審定，不可上詳。我明天就訪青龍子去，如果找著此公，能把十三人救活，豈不更妙？」許亮連連答應著「是」。

明代的瓷瓶。（圖片來源：The Metropolitan Museum of Art）

次日，歷城縣將吳二浪子解到齊河縣。許亮同王二兩人作證，自然一堂就訊服了，暫且收監，也不上刑具，靜聽老殘的消息。

卻說老殘次日雇了一匹驢，馱了一個被搭子[※12]，吃了早飯，就往泰山東路行去。忽然想到舜井旁邊有個擺命課攤子的，招牌叫「安貧子知命」，此人頗有點來歷，不如先去問他一聲，好在出南門必由之路。一路想著，早已到了安貧子的門首，牽了驢，在板凳上坐下。

彼此序了幾句閒話，老殘就問：「聽說先生同青龍子長相往來，近來知道他雲遊何處嗎？」安貧子道：「噯呀！你要見他嗎？有啥事體？」老殘便將以上事告知安貧子。安貧子說：「太不巧了！他昨日在我這裡坐了半天，說今日清晨回山去，此刻出南門怕還不到十里路呢！」老殘說：「這可真不巧了！只是他回什麼山？」安貧子道：「裡山玄珠洞。他去年住靈岩山[※13]；因近來香客漸多，常有到他茅篷裡的，所以他厭煩，搬到裡山玄珠洞去了。」老殘問：「玄珠洞離此地有幾十里？」

註

※11蘭麝：蘭與麝香，皆名貴香料。後泛指香氣或香氣濃郁的東西。

※12被搭子：出門時裝被褥、衣服、雜物等的袋子。

※13靈岩山：位於中國江蘇省蘇州市境內。

安貧子道：「我也沒去過，聽他說，大約五十里路不到點。此去一直向南，過黃芽嘴※14子，向西到白雪塢，再向南，就到玄珠洞了。」

老殘道了「領教，謝謝」，跨上驢子，出了南門。由千佛山※15腳下住東，轉過山坡，竟向南去。行了二十多里，有個村莊，買了點餅吃吃，打聽上玄珠洞的路徑。那莊家老說道：「過去不遠，大道旁邊就是黃芽嘴。過了黃芽嘴往西九里路便是白雪塢，再南十八里便是玄珠洞。只是這路很不好走，會走的呢，一路平坦大道；若不會走，那可就了不得了！石頭七大八小，更有無窮的荊棘，一輩子也走不到的！不曉得多少人送了性命！」老殘笑道：「難不成比唐僧取經還難嗎？」莊家老作色※16道：「也差不多！」

老殘一想，人家是好意，不可簡慢了他，遂恭恭敬敬的道：「老先生恕我失言。還要請教先生：怎樣走就容易，怎樣走就難？務求指示。」莊家老道：「這山裡的路，天生成九曲珠似的，一步一曲。若一直向前，必走入荊棘叢了。卻又不許有意走曲路，有意曲，便陷入深阱，永出不來了。我告訴你個訣竅罷：你這位先生頗虛心，我對你講，眼前路，都是從過去的路生出來的，你走兩步，回頭看看，一定不會錯了。」

老殘到玄珠洞口，口稱：「道長莫非是青龍子嗎？」（圖片來源：民國石印本《老殘遊記》，陸子常繪）

老殘聽了，連連打恭※17，說：「謹領指示。」當時拜辭了莊家老，依說去走，果然不久便到了玄珠洞口，見一老者，長鬚過腹。進前施了一禮，口稱：「道長莫非是青龍子嗎？」那老者慌忙回禮，說：「先生從何處來？到此何事？」老殘便將齊東村的一樁案情說了一遍。青龍子沉吟了一會，說：「也是有緣，且坐下來，慢慢地講。」

註

※14黃芽嘴：位於中國湖南省衡陽市境內的一個村落。

※15千佛山：位於山東省歷城縣南，是境內名勝之一。山壁多鑿佛像，大小不下千餘，因而得名。

※16作色：改變臉色。指神態嚴肅或發怒。

※17打恭：彎腰行禮。

◆老殘到玄珠洞，看到一位長鬚過腹的老者。（許承菱繪）

原來這洞裡並無桌椅家具，都是些大大小小的石頭。青龍子與老殘分賓主坐定。青龍子道：「這『千日醉』力量很大，少吃了便醉一千日才醒，多吃就不得活了。只有一種藥能解，名叫『返魂香』，出在西嶽華山大古冰雪中，也是草木精英所結。若用此香將文火慢慢的炙起來，無論你醉到怎樣田地，都能復活。幾月前，我因泰山坳裡一個人醉死，我親自到華山找一個故人處，討得些來，幸兒還有些子在此。大約也敷衍夠用了。」遂從石壁裡取出一個大葫蘆來，內中雜用物件甚多，也有一個小小瓶子，不到一寸高，遞給老殘。

老殘傾出來看看，有點像乳香※18的樣子，顏色黑黯，聞了聞，像似臭支支的。老殘問道：「何以色味俱不甚佳？」青龍子道：「救命的物件，那有好看好聞的！」老殘恭敬領悟，恐有舛錯※19，又請問如何用法。青龍子道：「將病人關在一室內，必須門窗不透一點兒風，將此香炙起，也分人體質善惡：如質善的，一點便活；如質惡的，只好慢慢價熬，終久也是要活的。」

註

※18乳香：橄欖科乳香樹屬，阿拉伯乳香之簡稱，其樹脂稱為「乳香」，可供藥用。
※19舛錯：意外的差錯。舛，讀作「喘」。

老殘道過謝，沿著原路回去。走到吃飯的小店前，天已黑透了，住得一宿，清晨回省，仍不到巳牌時分。遂上院將詳細情形稟知了莊宮保，並說明帶著家眷親往齊東村去。宮保說：「寶眷去有何用處？」老殘道：「這香治男人，須女人炙；治女人，須男人炙，所以非帶小妾去不能應手。」宮保說：「既如此，聽憑尊便。但望早去早回，不久封印※20，兄弟公事稍閒，可以多領些教。」

老殘答應著「是」，賞了黃家家人幾兩銀子，帶著環翠先到了齊河縣，仍住在南關外店裡，卻到縣裡會著子謹，亦甚為歡喜。子謹亦告知：「吳二浪子一切情形俱已服認。許亮帶去的一千銀子也繳上來。接白太尊的信，叫交還魏謙。魏謙抵死不肯收，聽其自行捐入善堂※21了。」

老殘說：「前日託許亮帶來的三百銀子，還閣下，收到了嗎？」子謹道：「豈但收到，我已經發了財了！宮保聽說這事，專差送來三百兩銀子，我已經收了。過了兩日，黃人瑞又送了代閣下還的三百兩來，後來許亮來，閣下又送三百兩來，共得了三份，豈不是發財嗎？宮保的一份是萬不能退的，人瑞同閣下的都當奉繳。」

清乾隆時期的葫蘆瓶。（圖片來源：The Metropolitan Museum of Art）

老殘沉吟了一會，說道：「我想人瑞也有個相契的，名叫翠花，就是同小妾一家子的。其人頗有良心，人瑞客中也頗寂寞。不如老哥竟一不做二不休，將此兩款替人瑞再揮一斧罷。」子謹拍掌叫好，說：「我明日要同老哥到齊東村去，奈何呢？」想了想，說：「有了！」立刻叫差門來告知此事，叫他明天就辦。

次日，王子謹同老殘坐了兩乘轎子，來到齊東村，早有地保同首事備下了公館。到公館用過午飯，踏勘賈家的墳塋※22，不遠恰有個小廟。老殘選了廟裡小小兩間房子，命人連夜裱糊，不讓透風。次日清晨，十三口棺柩都起到廟裡，先打開一個長工的棺木看看，果然尸身未壞，然後放心，把十三個尸首全行取出，安放在這兩間房內，焚起「返魂香」來，不到兩個時辰，俱已有點聲息。老殘調度著，先用溫湯，次用稀粥，慢慢的等他們過了七天，方遣各自送回家去。

王子謹三日前已回城去。老殘各事辦畢，方欲回城，這時魏謙已知前日寫信給

註

※20封印：文件封緘加蓋印記。

※21善堂：中國古代的一種公益機構。由慈善人士捐錢合建，並共同經營，專門辦理各種救濟工作。

※22墳塋：墳墓，墓地。塋，讀作「營」。

宮保的就是老殘，於是魏、賈兩家都來磕頭，苦苦挽留。兩家各送了三千銀子，老殘絲毫不收。兩家沒法，只好請聽戲罷，派人到省城裡招呼個大戲班子來，並招呼北柱樓的廚子來，預備留老殘過年。

那知次日半夜裡，老殘即溜回齊河縣了。到城不過天色微明，不便往縣署裡去，先到自己住的店裡來看環翠；把堂門推開，見許明的老婆睡在外間未醒。再推開房門，望炕上一看，見被窩寬大，枕頭上放著兩個人頭，睡得正濃呢，吃了一驚；再仔細一看，原來就是翠花。不便驚動，退出房門，將許明的老婆喚醒。自己卻無處安身，跑到院子裡徘徊徘徊。見西上房裡，家人正搬行李裝車，是遠處來的客，要動身的樣子，就立住閒看。只見一人出來吩咐家人說話。

老殘一見，大叫道：「德慧生兄！從那裡來？」那人定神一看，說：「不是老殘哥嗎，怎樣在此地？」老殘便將以上二十卷書述了一遍，又問：「慧兄何往？」德慧生道：「明年東北恐有兵事，我送家眷回揚州去。」老殘說：「請留一日，何如？」慧生允諾。此時二翠俱已起來洗臉，兩家眷屬先行會面。

巳刻，老殘進縣署去，知魏家一案，宮保批吳二浪子監禁三年。翠花共用了四百二十兩銀子，子謹還了三百銀子，老殘收了一百八十兩，說：「今日便派人送翠花進省。」子謹將詳細情形寫了一函。

老殘回寓，派許明夫婦送翠花進省去，夜間託店家雇了長車，又把環翠的兄弟帶來，老殘攜同環翠並他兄弟，同德慧生夫婦天明開車，結伴江南去了。

卻說許明夫婦送翠花到黃人瑞家，人瑞自是歡喜。拆開老殘的信來一看，上寫道：

願天下有情人，都成了眷屬；
是前生註定事，莫錯過姻緣。

「願天下有情人終成眷屬」一句出自於《西廂記》，圖為閔齊伋繪《西廂記》插圖。

參考書目

古籍注疏：

1. 李劉鶚原著、陸衣言編校《老殘遊記》（上海：上海文明書局，一九二六年八月出版）
2. 劉鶚原著、田素蘭校注《老殘遊記》（台北：三民書局，二〇二〇年十月三版一刷）
3. 劉鶚，《老殘遊記》（台南：世一文化事業股份有限公司，二〇二〇年十一月二版）
4. 王邦雄，《莊子內七篇．外秋水．雜天下的現代解讀》（台北：遠流出版社，二〇一三年五月）

電子工具書：

1.《教育部重編國語辭典修訂本》

https：//dict.revised.moe.edu.tw/

2.《教育部異體字字典》

https：//dict.variants.moe.edu.tw/variants/rbt/home.do

3.教育部《成語典》2020【基礎版】

https：//dict.idioms.moe.edu.tw/search.jsp?la=0

4.《佛光大辭典》

https：//www.fgs.org.tw/fgs_book/fgs_drser.aspx